할아버지, 주원이 왔어요

할아버지, 주원이 왔어요

한근태 지음

클라우드나인

세상에 손주만큼 예쁜 존재가 있을까

『샘터』라는 잡지를 좋아했다. 그중 소설가 최인호의 「가족」이라는 에세이를 좋아했다. 자기 가족 얘기를 담담하게 하는데 난 그 글을 몰입해서 읽었다. 그래서인지 지금까지 기억이 생생하다. 신춘문예에 붙었을 때 형이 길거리에서 소리를 지르며 좋아했던 일, 뉴욕에 사는 큰 누님의 죽음에 관한 얘기, 박완서 선생님과의 인연, 아들과 딸인 도단이와 다혜 얘기, 집에서 아이들이 자기를 놀리는 얘기 등등……. 난 그중에서도 압권은 손녀 정원이 얘기라고 생각한다. 다혜가 낳은 애 정원이가 외국으로 떠난 후 작가의 마음을 그린 장면이다.

"요즘 우리 집은 적막강산이다. 완전히 침묵의 수도원인 것이다. 정원이가 갖고 놀던 장난감 공과 곰 인형 하나가 거실에 굴러다니고 있는데 그것을 볼 때마다 정원이 모습이 눈에 밟힌다. '눈에 넣어도 아프지 않다'는 표현과 '눈에 밟힌다'는 옛 선조들의 표현이 이렇게 날카로울 수 없음을 새삼스럽게 느끼는 요즘이다. 아이들도 어른들과 마찬가지로 외로움을 느낀다고 나는 믿는다. 정원이도 잠에서 깨어날 때면 머리맡에 놓여 있는 내 사진을 들여다보면서 어딘가 있는 할아버지가 자신을 위해 하느님께 기도하고 있음을 분명히 깨닫게 될 것이다. 나는 새삼 적막함을 느끼는 나이가 되었다는 사실이 슬프지만 때로는 이 적막함을 받아들이는 자신을 겸허하게 바라보는 데 시간을 쓰고 있다는 사실 또한 소중히 여긴다."

그때 「가족」이란 에세이를 읽으면서, 특히 손녀 정원이 얘기를 읽으면서 나도 기회가 되면 이런 종류의 글을 쓰고 싶다고 생각했다. 그래서 첫 손주인 주원이가 태어났을 때부터 육아일기를 썼다. 개인적인 얘기가 보편적인 얘기일 수 있다고 생각했기 때문이다. 이 책은 2017년 8월 주원이가 태어난 날부터의 기록이다. 지금 주원이와 다민이는 한국에 없다. 3년 전 큰딸과 사위가 미국으로 이민 갔기 때문이다. 주원이는 초등학생이고 다민이는 유치원엘 다닌다. 당연히 둘은 한국말보다는 영어에 익숙하지만 집에서 한국말을 쓰니 아직은 한국말도 잘한다. 주원이는 책과 사는 남자다. 다른 그 어떤 것보다 책 읽는 걸 좋아한다. 할머니가 보내준 『마법천자문』을 거의 외우다시피 한다. 다민이도 씩씩하고 건강하게 잘 자라고 있다.

근데 둘은 아주 다르다. 작년 우리 부부가 미국에 보름간 머물다 돌아오는 날, 주원이가 자기도 공항까지 같이 가고 싶다는 것이다. 근데 공항 가는 내내 한마디도 하지 않았다. 근데 집에 오자마자 대성통곡을 하고 한나절 울었다는 것이다. 그 얘기를 듣고 나도 모르게 눈물이 났다. 주원이는 그런 아이다. 감성적이고 눈물도 많다. 하지만 다민이는 쿨하다. 할아버지랑 있을 때는 잘 놀지만 떠나면 끝이다. 다민이를 보면 영어 속담 "과거는 과거일 뿐이다Let bygones be bygones."가 연상된다.

손주란 무엇일까? 세상에 손주만큼 예쁜 존재가 있을까? 난 없다고 생각한다. 특히 손주가 아기일 때는 더욱 그렇다. 손주는 천사다. 세상을 밝게 비춰주는 천사 같은 존재다. 난 가끔 "하나님이 내게 천국을 설계할 권한을 준다면 어떻게 할까? 거기에 무엇을 넣어야 할까?"란 질문을 스스로에게 던진다. 거기에 넣고 싶은 건 너무 많다. 경치 좋은 곤지암 골프장과 그 식당을 넣고 싶다. 강남 신세계 11층 식당도 있어야 한다. 점심시간에 그곳에 모인 사람들을 보면 그렇게 행복할 수 없다. 북한산과 설악산도 있어야 한다. 젊은 에너지가 넘치는 명동이나 성수동도 넣어야 한다. 근데 가장 중요한 것이 하나 있다. 바로 아기들이다. 아기들이 있어야 한다. 내가 생각하는 아기들은 천사다. 천국에 천사가 있는 건 당연한 일이다. 할아버지가 된 이후 난 스스로 예전보다 괜찮고 따뜻한 사람이 되었다고 생각한다. 손주들을 보면서 내 스스로가 정화되는 기분이다. 나만 그런 건 아니란 걸 증명한 사람이 있다.

영국 심리학자 리처드 와이즈먼Richard Wiseman이 그 사람이다. 그는 거리 곳곳에 지갑 240개를 떨어뜨려 두고 사람들의 반응을 살피는 실험을 했다. 지갑엔 현금은 없이 개인적인 사진, 신분증, 기한 지난 복권, 회원증 1~2장, 그 밖의 자잘한 물건들이 들어 있었다. 지갑마다 다른 것은 사진이었다. 지갑마다 노부부의 사진, 가족사진, 강아지 사진, 아기 사진을 넣어두었으며 사진이 없는 지갑도 있었다. 실험 결과 지갑의 회수율에 엄청난 차이가 난 것이 밝혀졌다. 사진이 들어 있지 않은 지갑의 회수율은 15퍼센트, 노부부의 사진이 들어 있는 지갑의 회수율은 25퍼센트, 가족 사진이 들어 있는 지갑의 회수율은 48퍼센트, 강아지 사진이 들어 있는 지갑의 회수율은 53퍼센트, 아기 사진이 들어 있는 지갑의 회수율은 88퍼센트였다. 아기 사진을 본 사람은 도저히 그 지갑을 버릴 수 없었던 것이다. 강준만의 저서 『인문학은 언어에서 태어났다: 재미있는 영어 인문학 이야기』에 나온 사례다.

원래 이 책은 주원이가 중학생 정도 됐을 때 내려고 생각했다. 근데 어느 날 주원이가 할아버지가 저자란 사실을 알게 됐다. 그런데 그때부터 나를 보는 눈이 달라졌다. 내 서재도 청소하고 틈틈이 언제 책으로 나오는지 물어본다. 또 할아버지의 육아일기에 관해 동생과도 얘기하는 모양이다. 다민이가 "할아버지는 오빠만 좋아해."라며 얘기하자 "거기에 네 얘기도 있다니까."라며 얘기했다고 한다. 그래서 출간을 앞당기기로 했다. 다음 달 미국에 가기 전까지 출간을 클라우드나인 안현주 대표에게 부탁해 나오게 된 것이다. 너무 감사한 일이다. 이 책을 들고 미국에 갔을 때 주원이와 다민이 모습이 너무 기대된다.

|차례|

천사가 왔다

우리 집에 천사가 왔다. 말로만 듣던 천사가 온 것이다. 딸 화영이가 첫애를 낳았다. 아내가 딸을 낳는 것과 내 딸이 자기 자식을 낳는 것은 참 다르다. 솔직히 아내가 임신했을 때는 그렇게까지 측은지심이 없었다. 아내는 만삭의 몸으로도 삼시세끼를 다 준비하고 매일 가게에 나가 일했다. 난 공부한다는 핑계로 아내가 돌아올 때까지 애를 보는 게 전부였다. 아내는 임신 중에 먹고 싶은 것이 많았다. 하지만 미국에서 구할 수 없는 게 대부분이었다.

그중에서도 한국 배를 참 먹고 싶어 했다. 미국 배는 맛이 없다. 거기에 비하면 한국 배는 물이 줄줄 흐르고 먹음직스러웠다. 동양마켓에서 팔고 있었는데 너무 비쌌다. 유학생 수준으로 사기는 부담스러웠다. 그래서 그걸 사 주지 못했다. 지금 생각하면 아무리 비싸도 두 눈 딱 감고 사야 했다. 살면서 가장 후회되는 일 중 하나다. 지금도 기회만 되면 아내는 배 얘기를 꺼낸다. 난 할 말이 없다. 게다가 그런 아내가 벌어온 돈으로 골프를 치러 다녔으니 참 나도 철이 없긴 어지간히 없었다.

그동안은 애를 갖고 애를 낳는 건 누구나 할 수 있는 일이라고 생각했다. 별로 어렵고 특별한 일이 아니라고 생각했다. 근데 딸이 애를 갖고 낳는 과정을 옆에서 지켜보니 그 생각은 틀렸다. 절대 그렇지 않다. 애를 갖고 낳은 건 정말 신성한 일이다. 아무나 가질 수 없는 기회다. 딸은 애를 갖기 위한 몸을 만들었다. 음식도 가려 먹고 운동도 열심히 하고 나쁜 생각도 하지 않으려고 했다. 애를 가진 후에는 더욱 그러했다. 입덧 때문에 아무거나 먹을 수도 없었다. 입덧 기간에는 특히 몸을 조심했다. 본인도 힘들지만 주변에 있는 우리들도 긴장하지 않을 수 없었다.

입덧 기간이 지난 후에는 잘 먹었다. 딸은 임신 후 다니던 회사를 휴직하고 매일 우리 집에서 살다시피 했다. 그런 딸을 위해 아내는 정말 헌신했다. 매일 딸이 먹고 싶다는 걸 해주고 딸과 같이 병원에 다니고 운동하고 애를 위해 필요한 것을 사러 다녔다. 원래도 남에게 잘하는 아내지만 딸에게 하는 걸 보니 헌신이란 말의 참뜻을 알 것 같다. 거기에 비하면 아버지인 나는 허당이다. 마음으로는 딸을 위하지만 내가 해줄 수 있는 건 별로 없었다. 만삭이 가까워지면서 난 점점 딸이 애처로웠다. 배가 너무 나와 몸을 어떻게 할 수 없어 했다. 바로 눕기가 불편해서 옆으로 누워 봐도 몸을 어쩌지 못했다. 그래도 산모가 운동해야 한다고 하니 아침마다 헬스장에서 걷고 저녁에는 운동장을 돌았다.

드디어 출산일이라 아내와 딸은 병원에 갔고 난 좀 늦게 갔다. 딸에게 진통이 오고 있었다. 애가 정신을 차리지 못했다. 너무나 고통스러워 눈도 제대로 뜨지 못했다. 내가 갔는데도 반응조차 못 했다. 무통 주사를 놓았다는데도 진통지수가 높았다가 낮았다가를 반복한다. 딸의 손을 잡고 있는데 나도 모르게 눈물이 왈칵 쏟아졌다. 옆에서 말을 거는데 답도 못 했다. 얼마 후 의사 선생님이 수술해야 한다고 결정했다. 아기가 너무 크고 위치가 좋지 않기 때문이란다. 난 속으로 진통을 더 이상 하지 않아 다행이란 생각을 했다.

대기실에서 얼마를 기다리는데 누군가 딸 이름을 부른다. 가보니 애가 태어나 신생아실로 이동 중인데 보라는 것이다. 근데 애가 그렇게 또렷할 수 없다. 신생아답지 않게 태열 같은 것도 없고 피부도 쭈글쭈글하지 않고 깨끗하다. 아기는 눈을 뜨려고 애를 쓴다. 한쪽 눈은 떠지고 다른 눈은 뜨질 못한다. "하느님, 감사합니다." 소리가 저절로 나왔다. 참으로 감격스러운 순간이다. 목에서 무언가가 올라왔다. 내 딸이 엄마가 됐고 난 할아버지가 된 것이다. 다음 날 제주에서 강의가 있어 애를 더 보지 못하고 병원을 떠나야 했다. 아기의 잔상이 계속 남아 있어 아내가 보내준 아기 사진을 보고 또 봤다.

다음 날 제주에서 강의를 마치고 바로 병원으로 갔다. 딸이 밝게 웃고 있었다. 진통도 끝나고 아기도 나와 평화가 찾아온 것이다. 잠시 후 간호사가 수유를 위해 아기를 데리고 들어왔다. 아기는 젖도 참 열성적으로 빨았다. 아직 젖도 나오지 않을 텐데 뭘 저렇게 빨까? 배가 고픈지 우는데 우유를 주자 순식간에 먹어 치운다. 아내와 사위가 애를 안아보고 나서 드디어 내 차례가 됐다. 신생아라 안기도 조심스럽다. 아기를 안는 순간 정말 감격이다. 30년 전 화영이를 클리블랜드 공항에서 처음 만났을 때가 생각났다.

당시 아내는 향수병 때문에 한국에 가서 애를 낳고 한 달 반쯤 지나 다시 미국으로 왔고 난 딸을 거기서 처음 만났다. 딸이 눈을 반짝 뜨고 나를 유심히 봤다. 그때의 느낌도 특별했는데 손자를 볼 때의 느낌은 달랐다. 그때는 '얘가 내 딸이구나. 드디어 내가 아버지가 되는구나. 가족이 늘어났으니 열심히 일해서 가족을 부양해야 하는구나.' 같은 생각이 들었다. 기뻤지만 책임감으로 어깨가 무거웠다. 이번에는 순수하게 기뻤다. 책임감과는 거리가 먼 순수한 기쁨 그 자체다. 우리 집에 천사가 왔다. 난 앞으로 천사와 많은 시간을 보낼 것이다. 천사와 친한 친구가 되기 위

해 노력할 것이다. 천사의 순수함을 배우도록 노력할 것이다. 참
으로 기쁜 날이다.

모유와 우유

　병원을 나온 화영이는 동네에 있는 조리원에 들어갔다. 조리원은 말 그대로 산후조리를 도와주는 곳이다. 애 낳느라 힘든 몸을 추스르는 곳이다. 예전에는 친정엄마가 주로 해줬다. 하지만 시대가 바뀌면서 친정엄마의 역할을 이곳에서 하는 것 같다. 가격은 비싸지만 대부분 사람들이 이곳을 이용한다. 남편만 같이 지낼 수 있고 가족은 하루에 딱 두 시간만 면회가 가능하다. 아기는 창문 밖에서만 볼 수 있다. 모유 수유를 하는 엄마는 수시로 내려가서 젖을 먹이고 올라온다. 엄마와 아기가 같이 있는 시간도 별도로 준다.

　모유를 먹이는 게 보통 일이 아니다. 그렇게 힘든 일인 줄 정말 몰랐다. 젖을 빨리는 엄마도 젖을 빠는 아기도 보통 일이 아닌 게

다. 일단 아기가 힘들다. 젖이 잘 나오지 않으면 나올 때까지 빠니까 힘이 든다. "젖 먹던 힘까지 쓴다."라는 말이 괜히 나온 게 아니다. 처음에 딸은 젖이 나오지 않아 고생했다. 그래서 마사지도 받고 여러 조치를 했더니 젖이 제법 나온단다. 젖이 너무 많이 나와도 문제란다. 젖꼭지가 너무 커도 문제란다. 그럼 애 입에 들어가지를 않아 중간에 어댑터 같은 걸 끼우는데 아기로서는 여간 불편한 게 아니란다. 또 신생아는 두세 시간 간격으로 젖을 먹는데 거의 한 시간을 먹여야 한다. 애는 젖을 곱게 먹지 않고 온몸을 버둥대면서 젖을 먹는데 먹다 잠이 드는 것도 문제란다. 충분히 먹고 잠이 들면 괜찮은데 부족한 상태에서 잠이 들면 또 먹여야 한다. 그래서 자는 애를 깨워가며 먹여야 한단다. 이래저래 젖 먹이는 일은 보통 일이 아니다.

딸이 모유 수유 관련해 여러 얘기를 해주고 힘들어하니까 옛날 생각이 났다. 미국에서 애를 가졌던 아내는 향수병에 걸렸다. 당시 애크런 날씨는 흐리고 우중충했다. 겨울도 길었다. 말도 통하지 않는 곳에서 남편은 매일 학교에서 살다시피 하니 임신한 아내는 향수병에 걸렸다. 한국에 가고 싶고 부모가 너무 보고 싶었다. 할 수 없이 없는 살림에 비행기값을 마련해 한국에 보내 애를 낳게 했다. 한 달 반 뒤 아내가 혼자 미국에 오는데 엄청나게 고생한 것 같다. 파김치가 된 상태로 도착했다. 어땠냐고 묻자 이렇게 답을 한다. "LA에서 비행기를 갈아타는데 어찌나 애가 울고 난리를 치던지 사람들 앞에서 젖을 먹일 수밖에 없었어요. 창피한 것도 몰랐어요. 일단 애를 달래야 했으니까. 짐은 많지, 애는 울지 정말 나도 울고 싶더라니까. 정말 힘들었어요." 난 그때 대수롭지 않게 생각했다. 한 달 반 된 애를 데리고 비행기를 타고 오는 게 뭐 별일일까 생각했다. 만약 지금 딸이 혼자 비행기를 탄다면 절대 못 하게 할 것이다. 꼭 아내보고 데려다주라고 할 것이다.

모유를 먹일 것이냐, 우유를 먹일 것이냐는 산모에게 중요한 결정이다. 처음에는 초유를 먹이지만 힘들기도 해서 우유를 먹이는 산모도 제법 많은 모양이다. 딸은 6개월은 힘들어도 모유를 먹이겠다고 한다. 난 속으로 '힘들게 그러지 말고 남들처럼 편하게 우유를 먹이면 어떨까.' 하고 생각했다. 좀 유난을 떠는 거 아닌가 생각했다.

2주가 지나 아기를 데리고 병원을 다녀온 딸이 이렇게 말한다. "아빠, 의사 선생님이 뭐라고 한 줄 알아? 웬만하면 모유를 먹이래. 모유는 안심스테이크와 같고 우유는 라면과 같대. 둘 다 배는 부르지만 그만큼 다르다는 것이지." 모유를 먹이는 건 정말 보통 일이 아니다. 엄마로서 많은 걸 희생해야 한다. 그래도 제 새끼라고 자기보다는 자식을 생각하는 딸을 보니 '사랑은 내리사랑'이란 말이 진리임을 깨닫는다. 자기가 힘들어도 제 새끼에게 좋은 걸 주려는 딸이 예쁘고 가련하다.

조리원에서 집에 와 새로운 과정이 시작됐다. 어제 딸네 집에 들렀더니 딸이 나를 붙잡고 운다. 애가 컨디션이 안 좋아 먹은 젖을 다 토했다는 것이다. 난 또 가슴이 내려앉았다. 애를 키우는 것이 이렇게 힘든 일이었구나. 아내도 그랬겠지? 아내가 애를 키울 때는 몰랐는데 딸이 애 키우는 걸 보면 왜 이렇게 마음이 짠한 것일까? 천사가 와서 기쁘긴 한데 천사를 돌보는 일은 절대 쉽지 않다. 천사를 키우는 딸을 보면서 내가 얼마나 세상 물정이 어둡고 아기와 육아에 무지한 사람이었는지를 깨닫는 요즘이다.

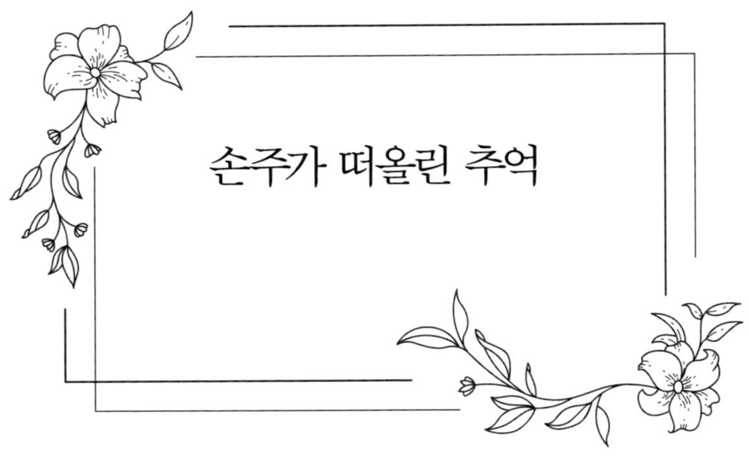

손주가 떠올린 추억

조리원을 나온 우리 집 천사가 주말에 우리 부부가 사는 집에 왔다. 조리원에 있을 때는 그곳에서 크게 세 가지를 도와준다. 먹는 것, 청소, 육아다. 애 엄마가 하는 일은 주기적으로 젖을 주는 것과 잠깐 애와 같이 지내는 시간을 갖는 것이다. 휴식이 필요한 산모를 대신해서 밤에는 조리원에서 우유를 주고 애를 봐준다. 사위도 그곳에서 먹고 자고 회사에 다녔다. 딸은 조리원 생활에 만족했고 푹 쉬면서 몸도 회복했다. 2주간의 조리원 생활을 하고 집에 오자 생활이 완전히 달라졌다. 낮이나 밤이나 엄마가 돌봐야 하는데 보통 일이 아니다.

일단 먹이는 게 힘들다. 아기는 배가 고프면 통제 불능이다. 아무리 안고 달래도 절대 울음을 그치지 않는다. 보통 두세 시간 간

격으로 젖과 우유를 먹인다. 젖과 우유는 먹는 간격이 조금 다르
다. 젖은 빠는 데 힘들고 소화가 잘돼서 두 시간이면 배가 고프
다. 우유는 상대적으로 힘이 덜 들어 세 시간까지도 괜찮다. 근데
꼭 트림을 시켜야 한다. 이게 참 거추장스러운 프로세스다. 경우
에 따라 다르지만 어떨 때는 15분 넘게 안고 등을 쓸어주어야 한
다. 트림만 안 시켜도 살 것 같다는 산모 말에 고개가 끄덕여진
다. 신생아는 고개를 가누지 못하기 때문에 여간 신경 쓰이는 게
아니다. 젖을 먹을 때도 가만 있지를 않고 버둥거린다. 애를 안아
주는 일도 만만치 않다. 자세 잡기도 어렵고 조금 안고 있으면 허
리도 아프고 어깨도 결린다. 잠시 애를 보면서 애는 한 살이라도
젊을 때 낳고 길러야 한다고 생각하게 된다.

　매일 목욕도 시켜야 한다. 목욕 전 만반의 준비를 해야 한다.
애들은 온도에 민감해서 창문을 닫고 수건과 대야와 비누를 갖
다 놓는다. 아직 춥기 때문에 옷을 입힌 채 먼저 머리와 얼굴을
씻긴다. 이후 잽싸게 옷을 벗기고 따듯한 물이 담긴 대야에 넣는
다. 아기는 물속에 있는 걸 좋아해서 그렇게 힘들지는 않지만 나
름 요령이 필요하다. 화영이를 키울 때 목욕은 내가 대부분 시켰
다. 일 나간 아내의 귀가 시간이 늦기도 했지만 나도 애도 목욕을
좋아했기 때문이다. 애를 물에서 실컷 놀게 하면 밤에 잠도 잘 잤
다. 그런 면에서 애가 목을 가누기 시작하면 목욕을 같이하는 것

도 방법이다. 난 탕에 물을 가득 받아서 애와 함께 탕에 들어가 놀았다. 뭔가 일을 하는 것이 아니라 노는 것처럼 해야 한다. 그게 중요하다. 애가 기분 좋아진 틈을 타 잽싸게 머리를 감기고 몸에 비누질한다. 나 역시 애가 물장난을 칠 때 머리를 감고 비누질한다. 그래도 30분이면 충분하다. 목욕시킨 후 우유를 먹이면 애는 그대로 꿈나라로 간다.

오랜만에 애를 봐서 그런지 아직 감각이 돌아오지 않는다. 나한테 안겨 있는 것보다는 할머니에게 안겨 있는 걸 좋아한다. 난 애를 재우지 못하는데 아내는 번번이 성공한다. 토요일 오전에 난 골프 약속이 있어 아내와 딸 둘이 애를 보고 있었다. 그런데 딸이 전화했다. 애가 컨디션이 좋지 않아 너무 힘들었다면서 언제 오냐는 것이다. 얼마나 힘들었으면 그랬을까? 집에 들어갔더니 애 하나 때문에 두 여자가 완전히 기진맥진이다. 애를 간신히 재웠다는데 푹 자지를 못하고 자꾸 깼다. 거실이 너무 더워 그럴 거란 생각이 들었다. 사명감을 가지고 애를 안고 재웠다. 눈 감은 걸 보고 집에서 가장 시원한 서재로 들어갔다. 그리고 거실 테이블을 가져다가 요를 깔고 애를 눕혔다. 시원해서 그런지 그렇게 잘 잘 수가 없다. 애가 더워서 잠을 못 잔 것으로 결론을 내렸다.

애들은 온도에 민감하다. 더워도 안 되고 추워도 안 된다. 미국 유학 시절 우리 부부는 저소득층 사람들을 위한 아파트에 살았다. 그렇게 나쁜 조건은 아니었다. 집이 넓고 겨울에는 난방이 나와 괜찮았다. 문제는 여름이었다. 난방은 해주는데 냉방은 각자 해야 했다. 우리는 에어컨을 살 형편이 안 돼 몸으로 때웠다. 우리끼리 살 때는 견딜 수 있었는데 애가 오자 상황이 달라졌다. 집이 더우니까 애가 잠을 못 잤다. 하루는 할 수 없이 애와 아내를 데리고 내 실험실로 갔다. 실험실은 밤에도 에어컨을 틀어 시원했기 때문이다.

잠든 손주를 보면 여러 생각을 하게 된다. 가장 큰 건 충만감이다. 애를 보는 건 힘들지만 그 이상의 기쁨을 준다. 돈과 명예 같은 걸로는 도저히 얻을 수 없는 그런 감정이다. 난 자꾸 옛날 생각이 난다. 원래 그런 사람이 아닌데 손주를 보면 30년 전 유학 시절이 떠오른다. 초보 아빠였고 도와줄 사람이 아무도 없어 죽으나 사나 우리끼리 문제를 해결하며 살았다. 아내가 고생을 참 많이 했다.

둘째를 가졌을 때가 절정이었다. 만삭의 몸으로 일을 다녔다. 큰애는 그런 엄마에게 늘 안아달라고 징징거렸다. 어딜 한번 가려 해도 아이 때문에 이사 가는 기분이 들었다. 그런 애가 자기 애를 가졌으니 그만큼 세월이 흐른 것이다. 유학 시절에는 스트레스가 많았다. 경제적인 문제, 제대로 학위를 할 수 있을까 하는 걱정, 육아 문제 등등. 지금은 그런 건 전혀 생각나지 않는다. 온통 아름다운 일로 기억된다. 참으로 빛나는 시절이란 생각이다.
하지만 그때는 그걸 몰랐다.

아이를 키우려면 온 마을이 필요하다

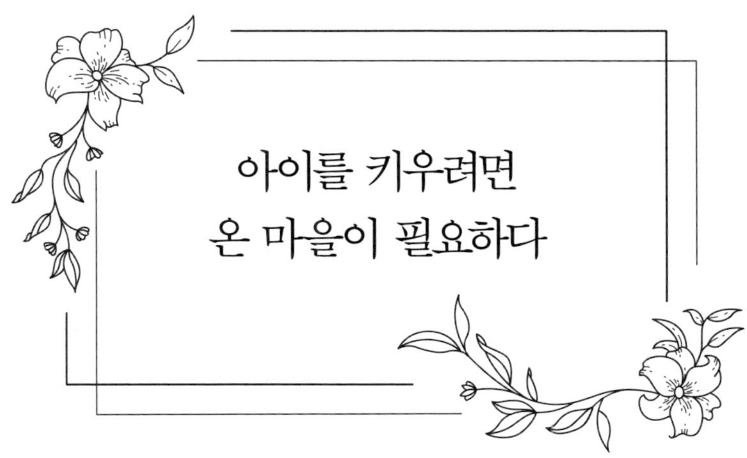

요즘 며칠 딸네 가족이 집에 와 있는데 보통 일이 아니다. 애 하나 때문에 어른 넷이 파김치가 된다. 어른 넷이 매달려도 일손이 부족하다. 아내는 빨래하고 밥하고 나머지 세 사람이 틈틈이 애를 본다. 밤새 시달린 딸과 사위에게는 두세 시간 외출할 기회를 준다. 낮에 좀 쉬어야 밤에 애를 볼 수 있기 때문이다. 나도 애 보는 데 기여한다. 트림시키는 일, 기저귀 가는 일, 목욕시키는 일은 내 몫이다. 미국에서도 애 목욕은 내가 주로 시켜 별로 어렵지 않다.

손자는 순한 편이라 잘 먹고 잘 싸고 잘 잔다. 조금 찡찡대다 어느 순간 자는데 난 애를 안은 상태로 소파에 눕는다. 내 가슴

위에서 자는 걸 좋아해 어제는 오전과 오후에 두 시간씩이나 잤다. 혼자 자면 그렇게 깊이 못 잔다. 내 체온을 느끼며 자면 잠이 단 모양이다. 나 역시 손자를 가슴 위에 올려놓고 눈을 감으면 기분이 좋다. 어린 영혼이 잠자는 모습을 보는 건 그 자체로 큰 기쁨이다. 그렇게 예쁜 생명체를 안고 있으면 형용할 수 없는 기쁨이 몰려온다. 따뜻한 체온을 느끼며 같이 누워 있으면 내 영혼이 맑고 순수해지는 것 같다. 작은 존재 하나가 사람을 이렇게 기쁘게 한다는 사실이 신기하다.

그러나 모든 일에는 대가가 따르는 모양이다. 애 하나를 보는 것은 상상 이상의 노동과 인내와 비용을 필요로 한다. 우리 집의 모든 우선순위는 손자에게 맞춰졌다. 이번 추석에는 본가에도 못 가고 딸과 함께 육아에 전념했다. 육아 외에는 아무것도 할 수가 없다. 새벽 시간까지 손자 몫이 됐다. 내게 새벽 시간은 무엇과도 바꿀 수 없는 귀한 시간이다.

이 사실을 알고 있는 아내가 새벽 5시에 손자를 데리고 내 방에 들어왔다. 보아하니 딸과 아내는 밤새 애한테 시달린 모양이다. 아기가 눈을 동그랗게 뜨고 나를 본다. 그렇게 해맑을 수 없다. 할 수 없이 하던 일을 정리하고 애를 안았다. 좀 추운 것 같아 이불로 싸서 거실 여기저기를 데리고 다닌다. 조금 컨디션이 좋아진 것 같으면 소파에 앉아 눕는다. 왜 새벽부터 일어났느냐고 묻자 뭐라고 옹알이 비슷하게 얘기한다. 딴에 뭔가 할 말이 있는 모양이다. 트림을 제대로 못 시켰는지 내 어깨에 젖을 조금 게웠다. 한 시간 정도 놀아주다 졸린 것 같아 잠을 재운 후 다시 내 방으로 들어왔다.

문득 옛 생각이 난다. 난 과거지향적인 사람이 아닌데 요즘 손자를 보면서 옛 생각이 자주 난다. 큰애는 유난히 예민했다. 돌이 될 때까지 적어도 하루에 세 번은 일어났고 심한 날은 다섯 번 일어난 날도 있었다. 일어나면 우유를 주고 트림시키고 기저귀를 갈아야 했다. 우유를 1갤런이나 마신 날도 있었다. 많이 마시니 많이 싸고 바로 잠을 못 자니 안거나 흔들어 주어야 잠을 잤다.

당시 내 소원은 안 깨고 긴 잠을 자는 것이었다. 다음 날 중요한 시험이 있는 날은 정말 미칠 것 같았다. 잠을 제대로 못 자니 나와 아내는 늘 누렇게 떠서 지냈다. 시험을 봐야 하는데 정신이 혼미했다. 난 왜 인간은 다른 포유동물과 달리 이렇게 손이 많이 가는지 이해할 수 없었다. 그래서 이런 상상을 했다. '애가 자다 혼자 일어난다. 혼자 냉장고로 걸어가서 우유를 알아서 타서 마신다. 부모가 먹여줄 필요가 없다. 트림도 혼자 하고 기저귀도 혼자 간다. 볼일을 본 후에는 알아서 잔다. 그러면 얼마나 좋을까?' 정말 말도 안 되는 상상이다.

손주를 보면서 "아이를 키우려면 온 마을이 필요하다It Takes a Village

to raise a child."란 미국 격언이 떠올랐다. 애를 키우려면 온 동네가 나서야 한다는 말이다. 예전에는 이 말이 무슨 말인지 이해할 수 없었다. 내가 애를 키울 때도 잘 느끼지 못했다. 손자를 보고 나서야 이 말이 진리임을 절감하고 있다. 애를 키우는 건 정말 보통 일이 아니다. 너무너무 힘든 일이다. 애를 낳고 키우는 1차 책임은 부모에게 있다. 하지만 그들에게만 맡겨서는 안 된다. 양가 부모가 적극적으로 나서고 삼촌 이모 고모도 적극적으로 참여해야 한다. 국가의 도움도 당연히 필요하다. 그래야 제대로 애 하나를 키울 수 있다. 내가 하는 육아는 육아도 아니다. 아주 조금 도와주는 수준이다. 가끔 트림시키고 목욕시키고 기저귀 갈고 잠이나 재우는 수준이다.

근데 그런 내가 이런 생각을 하니 애를 낳아 키우는 엄마는 얼마나 힘들까? 그들을 보면 측은지심이 생긴다. 요즘 산후우울증이 왜 오는지 이해할 수 있을 것 같다. 젊은 사람들이 왜 애를 낳지 않으려 하는지도 조금은 알 수 있다. 모든 것에는 대가가 따른다는 말도 더 잘 이해할 수 있다. 애 덕분에 철이 드는 것 같은 요즘이다.

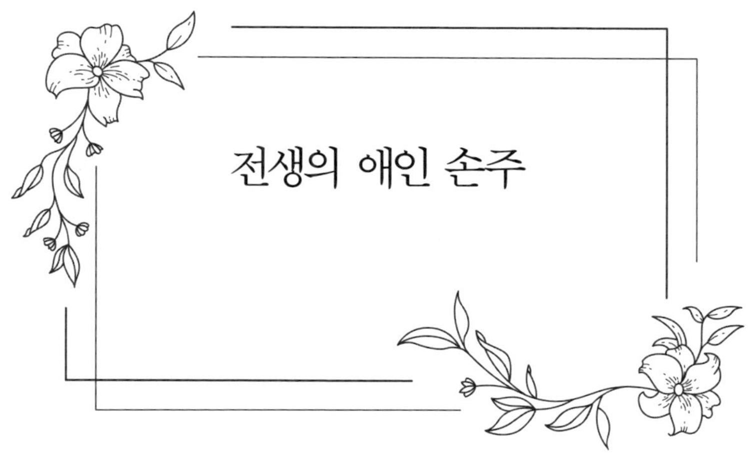

전생의 애인 손주

애가 태어나면 엄청난 변화가 일어난다. 온 집 안에 애 물건으로 차고 넘친다. 아기 옷, 가재수건, 기저귀, 목욕용품, 모빌은 기본이고 유모차, 카시트, 집에서 애를 앉혀 놓는 바운서, 우유병과 분유, 모유 수유를 위한 각종 도구, 유축기 등등. 그밖에도 아기용 손톱깎이, 손에 씌우는 장갑, 해를 가리기 위한 모자와 선글라스도 있어야 한다. 코가 막힐 때 뚫어주는 흡입기도 구매했다. 출산율과 경제 활성화의 연관관계를 몸으로 체감한다.

무엇보다 중요한 것은 이름을 짓는 일이다. 손자 이름은 '주원'이로 하기로 했다. 두루 주周에 물가 이름 원沅이다. 여기저기 알아보고 이름을 지었는데 전제조건이 몇 가지 있었다. 일단 부르기 쉬워야 한다. 발음이 어려우면 안 된다. 영어로 표현해도 괜찮아야 한다. '범'이나 '석' 자 같이 영어로 했을 때 오해받을 이름은 가능한 한 피해야 한다. 중성적인 이름이면 더 좋겠다. 사주에 불기운이 있으니 물이 있으면 좋겠다는 것이다.

애가 태어나면 평화가 오지만 한편으로 평화가 사라진다. 애가 시도 때도 없이 울기 때문이다. 갓난아기는 우는 걸로 모든 표현을 한다. 우는 이유는 뻔하다. 배고플 때, 속이 안 좋을 때, 기저귀가 젖었을 때, 졸릴 때 등이다. 근데 가끔 도저히 알 수 없는 이유로 계속 울 때가 있다. 그래서인지 애 울음소리를 파악해주는 앱까지 있다고 한다. 조리원에서 온 후 며칠 동안 애가 정말 많이 울었다.

특히 저녁 7시부터 9시까지는 죽음의 시간이다. 아무리 안고 달래도 계속해서 운다. 딸과 아내와 내가 교대로 애를 안고 온갖 짓을 다 해도 울음을 그치지 않는다. 그런 날은 잠자리에 누워도 애 울음소리가 들리는 듯하다. 몸도 마음도 다 지친다. 희한한 건 다음 날 애가 방긋 웃는 모습을 보면 그렇게 예쁠 수 없다. 나와 눈을 마주치며 뭐라고 옹알이라도 하면 힘들었던 시간이 눈 녹듯 사라진다. 지난밤에는 그렇게 울더니만 밤사이에 저렇게 사람이 달라질 수 있을까? 만약 애가 아니라 어른이 저런다면 그 사람을 다시 볼까?

최근 일주일간 주원이가 똥을 싸지 못했다. 지도 힘이 드는지 가끔 힘을 잔뜩 주는데 방귀만 나올 뿐 똥을 누지 못한다. 보는 이도 안타까운데 당사자는 오죽 힘이 들까! 여기저기 알아보고 이것저것 시도했다. 똥꼬 마사지가 좋다 해서 목욕시킨 후 베이비오일로 똥꼬를 마사지해 봐도 별 효과가 없었다. 배꼽 주변을 시계방향으로 돌리며 마사지하라는 말을 듣고 그렇게도 해봤다. 이 역시 그저 그랬다. 산모가 먹는 음식도 영향을 줄 수 있다고 해서 채소 비중을 높이고 음식도 바꾸어 봤지만 가시적 효과가 없었다. 내과 의사인 매형에게 전화해서 상의했더니 아기들은 다 그러니 너무 걱정하지 말고 조금 기다려 보란다. 일주일 동안 온 가족의 가장 큰 바람은 주원이의 배변이었다.

아무런 변화 없이 일주일이 지났다. 강의를 끝내고 스마트폰을 봤더니 딸이 아기 배변 사진을 카톡에 올렸다. 얼마나 반가웠으면 이런 사진까지 올렸을까? 나 역시 그 사진을 보고 환호했다. 사정을 모르는 사람이 봤으면 제정신이 아닌 걸로 생각했을 것이다. 나중에 집에 와 아내에게 얘기를 들었다. 주원이를 안고 있는데 힘을 잔뜩 주더란다. 올 것이 왔다는 느낌이 왔다. 아니나 다를까 똥을 쌌는데 양도 많고 밀도가 높아 잘 닦이지도 않았단다. 근데 너무 반가워 기저귀를 다시 보고 냄새까지 맡고 사진까지 찍었다는 것이다.

아기 엄마들은 "50일의 기적"이란 말을 한다. 생후 50일까지는 그렇게 힘들게 하다 50일이 넘어서 갑자기 상태가 좋아진다고 해서 붙인 말이다. 그래서 요즘은 백일 사진 찍기 전에 50일 사진도 찍는다. 주원이도 요즘 급격히 좋아졌다. 눈을 마주치며 방긋방긋 웃는데 그렇게 예쁠 수가 없다. 애를 지그시 안고 온기를 느끼면서 머리에 코를 대면 그 온기와 냄새가 그렇게 좋다. 나는 원래도 외출을 즐기지 않는데 주원이가 보고 싶어 요즘에는 꼭 할 일만 마치고 바로 집에 온다. 태생적으로 무심한 내가 누군가를 이렇게 사랑한다는 게 믿어지지 않는다.

주원이는 보름간 우리 집에 있다 자기 집으로 돌아갔다. 주원이 없는 집에 아내와 나만 남았다. 원래도 두 사람만 살았는데 애 덕분에 북적이던 집이 적막강산으로 바뀌었다. 평화는 찾아왔지만 내가 원하는 평화는 아니다. 새벽이면 애 울음소리가 들리는 것 같다. 애 온기가 아직 내 가슴에 남아 있는 것 같다. 난 "눈에 넣어도 안 아프다." "눈에 밟힌다."라는 표현을 이해하지 못했다. 주원이가 태어나고 나서 이 말을 제대로 이해하고 있다. 요즘 내 마음이 딱 그렇다.

자식은 내게 어떤 존재일까? 자식의 자식인 손주는 내게 어떤 의미가 있을까? 왜 이렇게 이유 없이 예쁠까? "전생에 자식은 빚쟁이, 손주는 애인"이란 얘기가 있다. 자식에게 절절매는 건 전생에 빚을 졌기 때문이고 손주가 그렇게 예쁜 건 전생에 애인이었

기 때문이란 것이다. 불행히 그 사랑이 열매를 맺지 못하다 이승
에서 다시 만난 것이다. 그렇지 않고서야 그렇게 예쁠 수가 없다.
주원아! 우리 전생에 이루지 못한 사랑을 이승에서 꽃 피우자.

격대교육

주말을 맞아 주원이가 왔다. 평일에는 자기 집에 있다 금요일 저녁에 우리 집에 와서 월요일 아침까지 지내다 간다. 부부 둘이 애를 보는 것보다 할머니 할아버지와 함께 있는 게 서로에게 유리하다. 애들도 편하지만 우리 부부가 그만큼 주원이를 보고 싶어 하고 같이 있고 싶어 하기 때문이다. 시집간 막내도 주말마다 주원이를 보러 온다.

며칠 만에 봤는데 주원이가 부쩍 큰 것 같다. 무게도 더 나가고 얼굴도 더 또렷하다. 얼마나 잘 웃고 옹알이를 많이 하는지 모르겠다. 아직은 밤마다 찡찡대고 자기 전에는 칭얼대면서 자기 엄마를 힘들게 하지만 아침이면 다른 사람이 된다. 매일 애한테 시달려 힘들만도 한데 딸애는 자기 애가 예뻐 죽는 것 같다. 애가 그렇게 예쁘냐고 물었더니 "정말 애는 낳아봐야 할 것 같아. 애가 예쁠 걸로는 생각했어도 이 정도일지는 몰랐어. 밤에 조금 힘들게는 하지만 아침에 방긋방긋 나를 보고 웃고 옹알이하면 힘들다는 생각이 완전히 사라져."라고 답한다. 자기 애를 사랑하는 건 본능이라 하나도 이상할 게 없다. 하지만 아는 것과 실제 경험하는 건 다른 것 같다. 주원이는 새벽부터 일어나 아내에게 온갖 소리를 해댄다. 아내도 비슷한 수준이 되어 뭐라고 끊임없이 애와 수다를 떤다. 평소 이성적인 아내가 주원이와 있으면 조금 모자란 사람으로 바뀐다.

아내는 최근 할머니 육아 교육을 다녀왔다. 구연동화 하는 법, 마사지하는 법, 목욕시키는 법 등 제법 많은 공부를 했다. '격대교육隔代敎育'이란 낯선 단어에 관해서 얘기해 줬다. 격대교육은 한 대를 건넌 할머니 할아버지 교육이란 말이다. 친부모로부터 배우는 것도 중요하지만 한 대를 건넌 조부모 교육이 그만큼 중요하단 것이다. 그럴듯했다. 아내는 내 앞에서 까꿍 놀이를 하고 애들 노래도 한 곡 알려줬다.

격대교육 얘기를 들으니 오래전 돌아가신 외할아버지 생각이 났다. 내가 태어나던 해 친할아버지가 돌아가셔서 난 친할아버지에 대한 기억이 없다. 대신 외할아버지에 대한 기억은 많다. 수원에서 농사를 지으셨던 외할아버지와 많은 시간을 보냈다. 학교 들어가기 전부터 몇 달씩 외갓집에서 있었는데 늘 사랑방에서 같이 먹고 같이 잠을 잤다. 새벽마다 일어나 쇠죽을 쑤러 나가시던 외할아버지 모습이 생생하다. 기침 소리, 가래 뱉는 소리, 잠을 험하게 자던 내게 이불을 덮어주며 "그놈 참 잠도 험하게 자네."라며 혀를 차며 하시던 얘기, 밤에 변소에 갈 때마다 앞에서 나를 지켜주시던 모습. 외할아버지는 어디를 갈 때면 늘 나를 데리고 다니셨다.

한번은 꼴미(꽃뫼)란 동네에 마실을 갔다 돌아오는 길에 외할아버지 등에서 잠이 들었다. 시간이 지나 정신이 들었는데 그 등이 그렇게 따뜻할 수 없다. 어린 시절 외할아버지는 내 절대적인 지지자셨다. 다른 사람들이 버릇 나빠진다고 뭐라고 해도 개의치 않으셨다. 내가 고1 때 돌아가셨는데 당신의 큰사위가 나온 경복고에 내가 들어간 것을 그렇게 자랑스러워하셨다.

오늘은 골프 약속이 있었다. 근데 친구 하나가 상을 당해 자연적으로 한 명이 비면서 어떻게 할지 설왕설래하다 결국 안 하는 걸로 결론이 났다. 골프를 좋아하긴 하지만 취소된 게 그렇게 반가울 수 없다. 날씨가 춥다는 것도 이유지만 종일 주원이와 놀 수 있다는 것이 결정적 이유다. 새벽부터 밖에서 아내가 주원이랑 노는 소리가 들린다. 난 할 일이 있어 적극 참여를 못 했는데 오전 10시쯤 아내가 젖을 먹인 후 주원이를 내게 데려왔다. 조금 졸릴 것 같으니 재우라는 마나님의 분부였다. 애 눈이 말똥말똥하다. 잘 생각이 없는 것 같다. 뭐 궁금한 게 그리 많은지 고개를 전후좌우로 돌리는 바람에 안고 있기도 힘들다.

서재에 데리고 들어와 클래식 음악을 틀고 무릎에 앉혀 놓았다. 가만히 있던 주원이가 히사이시 조의 「서머Summer」라는 음악을 듣는데 갑자기 웃으면서 격렬한 반응을 보인다. 제 딴에 맘에 든 모양이다. 어느 순간 싫증이 난 것 같아 안아줬다. 그렇게 따뜻할 수가 없다. 작은 손을 잡아본다. 그렇게 예쁠 수가 없다. 세상에 이보다 더 행복할 수는 없다. 온 마음과 영혼이 맑아진다. 내가 주원이를 안고 있는지 주원이가 나를 안고 있는지 모르겠다. 나는 어떤 할아버지가 되고 싶을까? 이 담에 세월이 흐른 후 주원이는 나를 어떤 할아버지로 기억할까? "행복은 좋은 관계에서 느낀다."라는 말을 많이 한다. 주원이를 안고 있으면 그 말이 진리란 사실을 깨닫게 된다. 손자 덕분에 바보 할아버지가 되어가는 요즘이다.

천사가 가져온 변화

    천사가 집에 온 후 우리 집에 많은 변화가 일어났다. 모든 일이 천사를 중심으로 돌아간다. 부부 중심의 삶에도 변화가 일어났다. 천사가 아내를 빼앗아 간 것이다. 결혼 35년이 되어가는 우리 부부는 한 번도 떨어져 본 적이 없다. 아내가 애를 낳기 위해 한국에 갔을 때와 아내가 애들이 있는 미국에 몇 달 가 있던 것이 전부였다. 천사가 태어난 후 아내는 매일 딸네 집으로 출근한다.

    이른 저녁을 같이하거나 저녁을 차려준 후 부리나케 딸네 집에 간다. 혼자 손자를 보는 딸을 도와주기 위해서다. 말은 그렇게 하지만 사실은 보고 싶어서 간다는 게 내 생각이다. 그 때문에 난 저녁 시간을 혼자 보내다 혼자 잔다. 자다 일어나 보면 옆에 아내가 자고 있다. 가끔 일찍 오는 경우가 있는데 그렇게 반가울 수가 없다. 난 주말 부부 혹은 기러기아빠에게 "결혼하고 헤어져 살 거면 뭐 때문에 결혼하냐?"라며 핀잔을 주곤 했는데 요즘 내가 그렇다. 천사가 내 아내를 빼앗아 갔다. 천사가 너무 강력한 경쟁자여서 난 상대가 되지 않는다.

천사는 아내를 변화시켰다. 아내는 감정보다 이성이 강한 사람이다. 성격이 급하고 잘 흥분하고 감정적인 나와는 다르게 늘 차분하다. 함부로 자기감정을 드러내지 않고 균형감각이 있다. 무언가에 푹 빠진 적도 없고 오버하는 걸 싫어한다. 근데 손자가 태어난 후 다른 사람이 됐다. 속상한 일이 있을 때도 손자 얘기하면 얼굴색이 달라진다. 갑자기 얼굴이 펴지면서 손자와 있었던 소소한 얘기들을 쏟아낸다. 손자와 같이 노는 걸 보면 '저 사람이 내 아내가 맞나?' 하는 생각이 들 정도다.

애한테 온갖 소리를 하면서 재롱을 떤다. "까꿍, 도리도리, 곤지곤지" 같은 건 기본이고 "주원이는 어디서 왔어? 그렇게 기분이 좋아? 어떻게 그렇게 예뻐?" 하며 온갖 소리를 한다. 그래서인지 손자는 아내와 있을 때 옹알이를 가장 많이 한다. 어떨 때는 쉬지 않고 뭐라고 뭐라고 얘기한다. 딴에 할머니에게 하고 싶은 얘기가 많은 모양이다. 난 평생 그렇게 수다스럽고 오버하는 아내를 본 적이 없다. 내게는 한 번도 보낸 적 없는 뜨거운 눈빛을 손자에게는 수시로 보낸다. 저렇게 쿨한 여자를 180도 변화시키는 힘의 원천은 무엇일까? 말을 한마디도 못 해 사람을 그렇게 힘들게 하는데도 자신을 사랑할 수밖에 없게 만드는 저 아기의 힘은 어디서 오는 것일까?

천사는 둘째 딸도 변화시켰다. 조카 바보란 말이 왜 나왔는지 알 것 같다. 전형적인 조카 바보다. 자기 자식도 아니고 조카일 뿐인데 그렇게 예쁠까? 매일 가족 카톡방에서 조카 소식을 묻고 하루라도 사진이 안 올라오면 언니를 재촉한다. 주말마다 열성적으로 집에 온다. 오자마자 조카부터 찾는다. 조카가 예뻐 어쩔 줄 모른다. 물고 빨고 만지고 잠시도 조카 곁을 떠나지 않는다. 조카가 잘 때 오면 옆에서 깰길 기다린다. 어제는 백화점에 갔다가 샀다며 조카 조끼를 하나 들고 왔다. 사 온 조끼를 애한테 입히고 사진을 찍고 야단법석이다. 조카도 제법 잘 본다. 징징거릴 때 안고 잘 재운다. 그래서인지 조카도 이모를 좋아한다. 눈을 마주치고 자기들끼리 뭐라고 해댄다.

천사는 우리 집 주말도 변화시켰다. 모든 일정이 주원이를 중심으로 돌아간다. 일단 외식이 사라졌다. 애를 데리고 어디를 가기가 너무 번거로워 당분간 외식을 중단했다. 모든 일정도 주원이에게 맞춘다. 주원이의 현재 상태를 중심으로 다음 일정을 짠다. 주원이가 젖 먹을 시간과 잘 시간을 고려해 무언가를 계획한다.

애는 그렇게 사랑스럽지만 막상 애 보는 일은 쉽지 않다. 하루

24시간 보살펴야 한다. 젖 먹이고 트림시키고 목욕시키고 놀아주고 졸리면 재워야 하고 수시로 안아주어야 한다. 혼자 할 수 있는 일의 범위를 넘어섰다. 그렇기 때문에 모든 사람이 협조해서 애를 봐야 한다. 당연히 그 과정에서 팀워크가 만들어지는 것 같다. 한 사람은 식사 준비, 다른 사람은 설거지, 또 다른 사람은 목욕 담당, 애가 징징댈 때는 돌아가면서 안아주기 등등. 애 덕분에 우리 가족은 더욱 단단해졌다. 애가 우리에게 준 또 다른 선물이다.

난 지금까지 누군가를 이렇게 뜨겁게 사랑한 적이 없는 것 같다. 아내와 딸들도 사랑했지만 이 정도는 아닌 것 같다. 아내도 그렇고 딸들도 비슷한 것 같다. 주원이는 우리 모두에게 사랑을 가르치고 있다. 사랑이 어떤 것인지, 사랑이 얼마나 사람을 충만하게 하는지를 알려주고 있다. 천사 덕분에 정말 행복한 나날이다.

최고 권력자

오랫동안 새벽은 나만의 시간이었다. 아무도 그 시간을 방해하는 사람이 없었다. 방해할 수도 없었다. 그 시간에 활동하는 사람이 없기 때문이다. 근데 그 시간을 거리낌 없이 침해하는 권력자가 나타났다. 바로 손자 주원이다. 오늘 새벽 5시에 권력자가 방긋 웃으며 내 방에 들어왔다. 글 같은 거 그만 쓰고 자기와 놀자는 것이다. 하던 일을 멈추고 권력자의 비위를 맞추기 위해 노력했다.

처음에는 침대에 누워 같이 얘기했다. 5분 만에 그분이 이건 아니라며 신호를 보낸다. 할 수 없이 일어나 그분을 안고 이 방 저 방을 왔다 갔다 한다. 그것만으론 부족하다. 뭐라도 말씀을 올려야 한다. 간밤에는 잘 주무셨는지, 몇 번이나 깨셨는지, 어제

백일 사진 찍는데 힘이 들지는 않으셨는지, 우리 집이 불편하지는 않은지 등등. 그분은 거기에 다양한 소리로 응대하신다. 나름 기분이 좋아 보여 안심이 된다.

그분이 점점 무게가 늘어서 안고 있는 게 힘이 든다. 몸 좀 편해보겠다고 책상에 앉아 같이 동영상을 보기 시작한다. 처음에는 그런대로 관심을 보이던 그분이 10분쯤 지나자 역시 이건 아니라며 일어나라고 명령을 내리신다. 다시 그분을 안고 거실로 나간다. 그분이 가장 좋아하는 건 계속 안고 있는 것이다. 힘들 테니 그만 안으라고 말씀은 하신 적이 한 번도 없다. 난 그분을 엄청나게 배려하지만 그분은 나 같은 건 안중에도 없다. 너야 힘들 건 말건 내 알 바 아니라고 생각하시는 것 같다. 어느 순간 그분에게 잠이 오는 것 같다. 그분은 잠이 오면 짜증을 내며 나를 구박하신다. 빨리 어떻게 좀 하라고 사인을 보낸다. 난 더욱 그분을 지극 정성으로 안으며 온갖 재롱을 떤다. 노래를 부르기도 한다. 난 남 앞에서 맨 정신에 노래를 부른 적이 없는 사람이다. 아니꼽고 치사해야 하는데 그분에겐 그런 기분이 들지 않는다.

그게 그분의 파워다. 분명 힘이 드는데 힘들다는 생각은 들지 않는다. 오히려 그분을 모시는 일이 즐겁다. 그분은 늘 나를 힘들게 하지만 난 반항하지 않는다. 반항할 생각은 해본 적도 없다. 그분의 대소변까지 받아내지만 휘파람을 불면서 그 일을 한다.

그는 절대 권력자다. 말 대신 표정과 소리로 자기 의견을 표현하신다. 가끔 말귀를 못 알아들으면 대성통곡을 하며 우리를 혼내신다. 그래도 모든 백성이 그 앞에서 설설 긴다. 난 이렇게 힘센 권력자를 본 적이 없다. 가끔 그분이 나를 향해 빙긋이 웃어주신다. 소리 내어 웃어주신다. 그럼 난 그동안 힘들었던 걸 다 잊고 다시 충성을 다짐한다.

드디어 그분이 주무시기 시작했고 내게도 평화가 왔다.

농손락

주말 새벽 2시 반쯤 아내가 주원이를 방으로 데리고 들어왔다. 젖도 먹이고 기저귀도 갈았는데 자질 않는단다. 손자를 안고 있던 아내가 나보고 애 좀 보라고 한다. 할 수 없이 애를 안고 거실로 나왔다. 가만히 보니 눈을 동그랗게 뜨고 나를 본다. 기분이 아주 좋아 뭐라고 옹알이도 한다. 새벽도 아닌 한밤중에 이게 무슨 일인가? 난 "고객님 지금 이 시간에 이러시면 안 됩니다."라고 말했지만 어린 것이 그런 말을 알아들을 리 없다.

주원이를 잘 보려면 계속 변화를 주어야 한다. 어른이 편해지자고 내려놓거나 눕혀 놓으면 바로 신호를 보낸다. 안는 걸 가장 좋아하지만 계속 안고 있는 건 힘이 든다. 당연히 나 편해지자고 눕히거나 앉히게 된다. 그럼 애가 잠시는 견디지만 바로 신호를 보낸다. 난 여기로 저기로 이동하고 음악을 틀어주고 같이 동영상을 보고 배를 쓸어준다. 신호를 보내면 바로 안아야 한다.

다른 시간이면 모르겠지만 한밤중에 주원이를 안고 거실을 왔다 갔다 하다가 이런 생각이 들었다. '세상에 나를 이렇게 간절히 바라는 사람이 있을까? 세상 사람 중에 내가 이렇게 마음껏 안고 있을 수 있는 사람이 있을까?' 주원이 외에는 없다. 아내도 시집간 딸들도 나를 이렇게 원하지는 않을 것이다. 안으려고 하면 잠시는 안겨 있겠지만 다들 내 품을 빠져나가려 할 것이다. 하지만 주원이는 다르다. 그는 언제나 나를 받아들인다. 한 번도 앙탈을 부린 적이 없다. 이런 주원이도 얼마 후면 낯을 가리고 안자고 해도 저항할 것이다. 그러고 보면 지금이야말로 주원이를 맘껏 안을 수 있는 최고의 기회가 아닌가.

눈이 말똥말똥하던 주원이는 한 시간 정도를 나와 논 후 다시 잠에 빠져들었다. 손자를 보는 데 지친 나는 난생처음 새벽 공부를 못하고 내처 자고 말았다. 그날 점심 지인들 모임에서 이 얘길 했더니 한 분이 그걸 '농손락弄孫樂'이라고 한단다. 손자와 노는 즐거움이니 행복한 비명이란 주장이다. 농손락은 희롱할 농弄, 손자 손孫, 즐거울 락樂의 줄인 말이다. 여기서 농은 구슬을 두 손으로 갖고 논다는 의미다. 손자를 안고 있는 것과 비슷한 형태다. 나이가 들수록 놀거리도 줄어들고 놀 사람도 줄어든다. 이때 태어난 주원이는 내게 최고의 선물이고 친구다. 내가 주원이와 놀아주는 게 아니라 주원이가 나와 놀아주는 게 아닐까 문득 그런 생각이 든다.

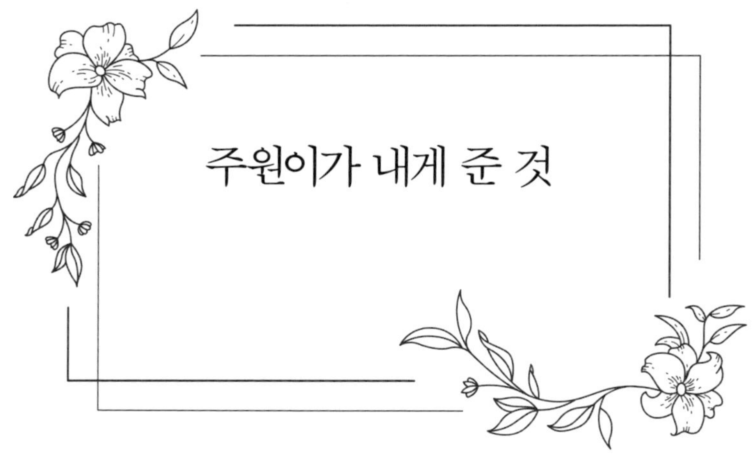

주원이가 내게 준 것

새벽 5시 오늘은 딸애가 손자 주원이를 데리고 내 서재로 들어온다. 젖을 먹였는데 자려고 하지 않으니 나보고 봐달란 얘기다. 밤새 애한테 시달린 딸애가 가엽기도 했지만 난 기뻐서 주원이를 안았다. 그렇게 따뜻할 수 없다. 그렇게 예쁠 수 없다. 글을 쓰는 새벽 시간은 무엇보다 내게 소중하지만 주원이 앞에서는 별 의미가 없다. 그깟 글쓰기 따위가 감히 주원이와 경쟁할 수는 없다. 세상에 이렇게 예쁜 존재가 내게 오는데 어떻게 그를 거부하겠는가.

주원이를 보면서 혼자 용비어천가를 불러본다.

그분이 나를 바라보신다. 맑고 순수한 눈으로 나를 보신다. 무념무상의 눈이다. 사랑으로 가득한 눈이다. 호기심도 섞여 있다.

그 눈이 내게 묻고 많은 질문을 하신다. "너는 누구냐? 너는 나를 잘 볼 수 있느냐?" 동시에 여러 주문을 하신다. "내가 징징대도 짜증을 안 낼 수 있겠느냐? 저녁에는 목욕해야 하는데 나를 씻길 수 있겠느냐? 식사도 돕고 기저귀도 갈아야 하고 졸리면 잠도 재워주어야 하는데 할 수 있겠느냐?" 하나같이 내겐 부담스러운 일이고 최근엔 별로 해본 적이 없지만 난 거부할 수 없다. 거부는커녕 제발 저와 놀아달라고 사정할 판이다. 그분과 놀고 그분을 돌보는 것은 정말 힘든 일이다. 하지만 가끔 그분이 나를 보면서 빙긋 웃는다. 그게 어떤 의미인지는 모르지만 난 그 자리에서 녹아내린다. 내 모든 것이 무너져 내리는 기분이다. 미소 한 방에 힘들다는 생각은 사라지고 난 또다시 충성을 다짐한다.

우리 둘이 있을 때는 별말을 하지 않는다. 그냥 같이 있는 것만으로도 좋다. 그분도 그러리라 생각한다. 일종의 묵언수행이다. 동시에 난 그분 생각이 궁금하다. 지금 무슨 생각을 하고 계실까? 그분에게 난 어떤 존재일까? 그분의 눈에 비친 나는 어떤 모습일까? 난 내 모습을 직접 볼 수 없기 때문에 아내가 주원이를 보는 모습을 통해 내 모습을 본다. 아내가 주원이를 볼 때는 사람이 달라진다. 표정이 확연히 밝아진다. 보통 때 얼굴이 욕실 주황색 전구라면 주원이를 볼 때 얼굴은 백색 LED조명이다. 그래서 난 주원이보다 주원이를 보는 아내 얼굴을 더 자주 본다. 그녀의 얼굴은 완전한 사랑 그 자체다. 최고의 사랑을 표현 중이다. 더 이상의 사랑 표현은 불가능해 보인다. 한 인간이 다른 인간을 저렇게까지 사랑할 수 있을까? 주원이도 예쁘지만 주원이를 보는 아내도 사랑스럽다. 주원이를 보는 내 표정도 이와 비슷할 것이다.

애를 낳고 키우는 일은 좋은 시간보다는 힘든 시간이 훨씬 많다. 가성비를 따지면 할 수 없는 일이다. 손자 때문에 우린 너무 큰 손해를 보고 있다. 여행도 못 가고 외식도 못 하고 집 안에서 대부분 시간을 보낸다. 집인데 텔레비전도 보지 못하고 누워 있을 수도 없다. 내 시간이 내 시간이 아니다. 그럼에도 나도 아내도 하나도 억울하지 않다. 주원이 덕분에 너무 많은 것을 얻고 있기 때문이다.

사랑을 배우고 있다. 사랑이 인간에게 주는 평안함도 배우고 있다. 존재 자체가 기쁨이란 사실도 절감한다. 사랑하는 사람을 위해서는 무엇이든 할 수 있다는 사실도 깨닫는다. 다른 사람이 나를 이렇게 힘들게 하면 아마 다시는 보지 않을 것이다. 사랑하는 사람 앞에서는 핑계도 소용없다는 사실을 알아가고 있다. 글 때문에 바쁘다는 건 거짓말이다. 이 글을 쓰는 지금도 난 그분의 호출을 기다리고 있다. 다른 사람에게는 핑계를 댔겠지만 주원이가 나를 찾으면 난 언제든 출동할 수 있다. 주원이가 내게 가르쳐 준 것들이다.

누가 누구를 돌보는가

　이번 주말은 아내와 내가 주원이를 밤에 데리고 자기로 했다. 요즘 주원이가 밤에 자꾸 깨는 바람에 딸과 사위가 고생하고 있기 때문이다. 다른 이유는 밤에 먹는 젖을 끊기 위해서다. 엄마 입장에서 젖을 안 주는 게 쉽지 않아 우리 부부가 데리고 자기로 했다. 난 애보다 먼저 일찌감치 잠이 들었다.

　어느 순간 애 우는 소리가 들린다. 한참을 자고 일어난 내가 주원이를 안고 30분쯤 달래다 재우고 시계를 보니 12시다. 눕히고 잠시 눈을 붙였는데 또 애가 깨서 운다. 시계를 보니 2시다. 뭔가 불편한 것 같은데 이유를 모르겠다. 이빨이 나려는지 자꾸 손을 빨면서 괴로워한다. 안아주어도 쉽게 그치지 않는다. 서재로 데리고 들어와 온갖 방법을 다 써본다. 의자에 앉아 흔들기도 하고 말도 걸어보고 울게 내버려 두기도 했다.

울다 지쳤는지 조금씩 울음이 잦아든다. 간신히 재웠는데 3시 반쯤 또 깬다. 배가 고파서인지 좀처럼 울음을 그치지 않는다. 이번에는 아내가 일어나 애를 달랜다. 난 자는 걸 포기하고 서재로 들어와 앉았다. 한참 우는 소리가 들리더니 이내 조용해진다. 다음 날 아침이 되어 자기 엄마 젖을 먹은 후에는 기분이 최고가 됐다. 방긋방긋 웃고 뭐라고 얘기하고 온갖 재롱을 부린다. 근데 나를 보는 눈빛이 예사롭지 않다. 그렇게 사랑스러울 수 없다. 밤새 나를 고생시킨 것에 대해 고마워하는 것 같다.

한밤중에 일어나 주원이를 안고 달래는 일은 쉽지 않다. 주원이도 나름의 사정이 있어 울겠지만 나 역시 한밤중에 일어나고 싶지는 않다. 한밤중에 우는 손자 모습을 물끄러미 봤다. 하도 울음을 그치지 않아 도대체 왜 우는지 관찰했다. 근데 우는 모습조차 예쁜 것이다. 두 눈을 꼭 감고 눈물 한 방울 나오지 않는데 나 좀 어떻게 해보라고 소리치는 것 같다. 만약 다른 사람이 한밤중에 자는 나를 깨웠으면 난 어떤 반응을 보일까? 원수가 됐을 것이다. 근데 주원이는 예외다. 화가 나긴커녕 기쁜 마음으로 이렇게 애를 안고 자장가까지 부르고 있다. 이기적인 내게 이런 모습이 있다는 게 신기하다. 난 주원이에게 어떤 존재일까? 주원이는 내게 어떤 의미가 있을까? 내가 애를 돌보는 것일까, 아니면 주원이가 나를 돌보는 것일까?

　요즘 아내 친구들은 은퇴한 남편 때문에 힘들어한단다. 집 밖에 나가지도 않고, 자꾸 같이 어디 좀 가자고 하고, 삼시 밥을 차려야 하는 것이 힘들다는 것이다. 그럴 것이다. 아내도 힘들지만 남편도 힘들 것이다. 애들은 다 커서 부모를 필요로 하지 않고, 직장은 사라졌고, 뾰족이 할 일은 없고, 갈 곳도 마땅치 않고, 놀 사람도 없고…… 삶이 지루해진 것이다. 나 역시 그렇다. 나도 서서히 예전보다 심심해지고 있었다. 그 순간 주원이가 나타나 나를 구원했다. 주말마다 주원이는 우리 집에 와 심심한 할아버지를 위로한다. 외로울 틈을 주지 않는다.

　사람들은 우리 부부가 주원이를 돌본다고 생각한다. 손자 보느라 고생한다는 말도 많이 한다. 손자 보는 것에 대해 부정적인 생각을 하는 사람들도 제법 있다. "자기 애는 자기들이 키워야지 왜 부모 손을 빌리느냐." "더 이상 애 보는 데 인생을 낭비하고 싶지 않다." "손주를 보는 건 힘만 들지 남는 게 없다." "백번 잘하다가도 애라도 다치면 그동안 수고는 다 날아간다." "애를 보느니 차라리 파밭을 매겠다." 등등 물론 일리 있는 말들이다. 하지만 우리 부부는 주말이라도 기꺼이 손자를 봐주기로 결심했다. 근데 가만히 보니 우리가 주원이를 돌보는 게 아니라 주원이가 우리 부부를 돌보고 있다. 지루하고 별 볼 일 없는 할아버지를 위해 살신

성인을 하는 중이다. 언제라도 주원이는 나를 환영한다. 내가 팔을 벌리면 내게 안긴다. 단 한 번도 앙탈을 부린 적이 없다. 세상에 나 같은 할아버지를 거리낌 없이 기쁘게 안아줄 사람이 주원이 외에 또 누가 있단 말인가? 다음 주말이 기다려지는 새벽이다.

주원이가 무서워

딸만큼이나 손자에게 헌신하는 건 단연 아내다. 주원이가 태어난 이후 아내는 거의 매일같이 딸네 집에 가서 손자를 봐준다. 주중에는 베이비시터가 가고 난 후 사위가 퇴근할 때까지의 저녁 시간에 보고 주말에는 나와 함께 봤다. 그러던 아내가 간만에 지인들과 3박 4일 일본 여행을 다녀왔다. 화요일에 가서 금요일 밤 늦게 돌아왔다. 주원이가 난생처음 할머니와 4일씩이나 떨어져 지낸 것이다. 일본에 있을 때도 애 엄마가 수시로 주원이 사진을 보내줬다.

아내가 돌아온 토요일 새벽의 일이다. 어김없이 그날도 일찍 잠에서 깬 주원이가 내 방에 들어왔다. 난 30분쯤 애와 놀고 있었다. 그러다 문득 주원이도 아내를 보고 싶어 할 것이고 아내 역시 주원이를 보고 싶어 할 거란 생각에 애를 안고 침실에 들어갔다. 마침 잠에서 깬 아내가 주원이를 보고 반가운 마음에 까꿍 하고 인사를 했다. 근데 주원이가 아무 반응이 없다. 반응이 없는 것을 넘어 눈을 마주치지 않는다. 할머니만 보면 반가워 눈을 마주치고 웃고 온갖 옹알이를 했는데 한마디로 싸늘했다. 주원이는 계속 나만 보고 있었다. 나도 아내도 당황했다. 처음 있는 일이다. 도대체 주원이가 무슨 생각을 하는 것일까?

내가 주원이가 되어 상상을 해봤다. '매일 오던 할머니가 오지 않는다. 처음에는 무슨 일인가 궁금했다. 그러다 어느 순간 화가 나기 시작했다. 아니, 어떻게 내게 한마디 상의도 없이 며칠씩 얼굴을 보이지 않는 것일까? 난 할머니가 보고 싶은데 할머니는 내가 보고 싶지 않나?' 넉 달밖에 되지 않는 아기지만 이미 감정이란 것이 만들어지기 시작한 것이다. 딸애와 거기에 대해 이야기했더니 공감을 표시하며 이런 얘기를 했다. "나도 오랫동안 외출했다 돌아오면 눈빛이 서늘해. 하루에 두 번을 나갔다 오면 눈을 잘 마주치려 하지 않아. 그래서 함부로 나가기가 두려워."

아내는 주원이와 관계 개선을 위해 토요일 하루를 온전히 투자해 겨우 마음을 돌리는 데 성공했다. 엄청나게 많이 안아주는 걸로 만회를 한 셈이다. 애를 관찰하면서 많은 걸 배운다. 애는 말만 못 할 뿐이지 나름 뭔가를 느끼고 판단하고 있다. 이미 하나의 인격체로서 자기 생각이 있는 것이다. 다만 그렇다는 사실을 어른들이 모르고 애를 애 취급하고 있다. 주원이 눈에 난 어떻게 보이고 있을까? 도대체 쟤가 무슨 생각을 하고 있을까? 자꾸 주원이의 생각이 궁금해진다. 한편으로 주원이가 무섭다.

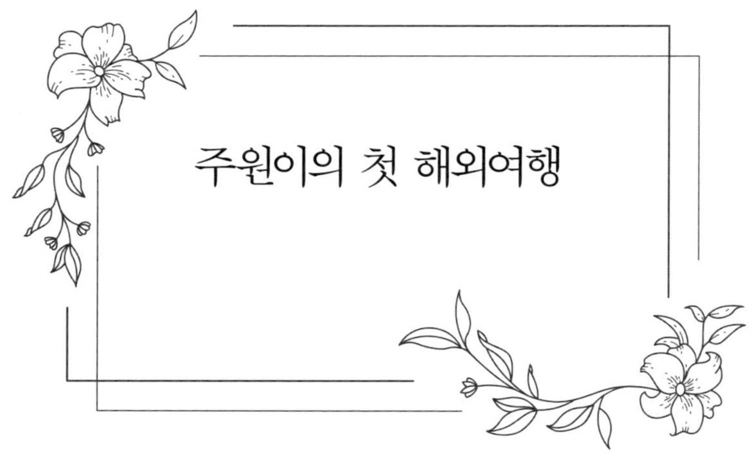

주원이의 첫 해외여행

올겨울은 너무 춥다. 삼한사온은 더 이상 유효하지 않다. 추운 날과 몹시 추운 날이 있을 뿐이다. 가끔 날이 풀리나 싶으면 그런 날은 어김없이 미세먼지가 많아 나같이 걷기 좋아하는 사람도 외출을 꺼리게 된다. 춥지 않으면 미세먼지가 많아 주원이 같은 아기들은 나갈 기회가 없다. 어떨 때 주원이를 보고 있으면 딱하다는 생각이 든다. 저 어린 것이 종일 집구석에서만 있으면 얼마나 답답할까?

겸사겸사 온 가족이 오키나와를 가기로 했다. 따뜻한 지방에 며칠 가서 코에 바람을 쐬기 위해서다. 난생처음 공항을 와본 주원이는 정신을 차리지 못한다. 두리번거리느라 정신이 없다. 사람들이 많으니 신이 난 것 같다. 비행기를 탈 때도 괜찮았다. 차로 이동할 때도 별말이 없고 바깥 경치를 보거나 잠을 잤다.

당연히 이번 여행의 중심도 주원이었다. 모든 일정은 주원이를 생각하고 짜야 했다. 어디를 가든 수유실부터 찾았다. 애가 배고프면 아무것도 할 수 없기 때문이다. 딸아이 짐은 다른 사람보다 많았는데 대부분 주원이 것이다. 기저귀만 40개를 준비했으니 더 말할 게 무엇이랴. 애를 데리고 어딘가를 가는 건 보통 일이 아니다. 걸을 때도 누군가는 주원이를 안아야 했고 밥을 먹을 때도 그랬다. 길이 막혀도 주원이 눈치를 봐야 했다. 추라우미 수족관에서 호텔로 돌아올 때는 교통체증이 심했는데 다행히 주원이가 잘 자서 위기를 모면할 수 있었다.

문제가 생긴 건 한국으로 돌아오는 비행기 안에서였다. 이놈의 비행기가 활주로에 머물면서 뜨질 않는 것이다. 주원이가 제일 싫어하는 것이다. 처음에는 잠잠하던 주원이가 울기 시작하는데 그칠 기색이 없다. 아무리 달래도 그치질 않는다. 할 수 없이 사위가 비행기 화장실로 데리고 들어갔는데 20여 분 정도가 우리 가족에겐 민망한 시간이었다. 예전에 비행기 안에서 애가 운다고 속으로 짜증 낸 나 자신을 반성한 시간이었다.

부부 둘이 갓난애를 데리고 여행하는 건 쉽지 않다. 나같이 게으른 사람은 절대 할 수 없다. 사람이 많으면 좋을 때가 있다. 이번 여행이 그랬다. 어른이 여섯이나 되니까 각자 역할이 있어 편하다. 팀워크가 생긴다. 큰 사위가 차 운전을 하고 둘째 사위는 카메라맨 역할을 했다. 일본은 핸들이 달라 힘들 텐데 안전하게 운전을 잘했다. 옆자리에 앉은 둘째 사위는 조수 역할을 잘 해냈다. 덕분에 나머지 가족은 이동에 대해서는 신경 쓰지 않을 수 있었다. 나 같은 길치에겐 축복이다. 큰딸은 여행을 기획했다. 일정을 짜고 호텔과 렌터카와 비행기를 예약했다. 맛집을 검색하고 동선을 짰다. 이 역시 깔끔하게 짜서 만족스러웠다. 나와 아내는 비용을 댔고 애 보는 역할과 기타 잔심부름을 주로 했다. 재치 있는 둘째 딸은 분위기 메이커 역할을 했다.

여행 첫날은 유난히 날씨가 좋았다. 추위에 떨던 우리에게 천국 같았다. 드라이브하고 어느 바닷가 앞에서 집중적으로 사진을 찍고 아이스크림을 먹었다. 나중에 사위가 보내온 사진을 보니 예술작품이다. 전문가가 찍으니 역시 다르다. 주원이를 안고 온 가족이 환하게 웃는 모습을 보는데 갑자기 눈시울이 뜨거워졌다. 가슴에서 뭔가 올라오는 느낌이다. 가족과 여행을 많이 다녔지만 이번 여행은 특별하다. 사위들도 함께한 첫 여행이다. 무엇보다 주원이란 새 식구 때문에 의미가 컸다. 주원이를 보는 즐거움, 주원이의 웃음이 우리 가족에겐 더없는 기쁨이고 행복이었다.

처음으로 뒤집은 날

주원이는 잘생겼다. 주원이는 예쁘다. 나야 할아버지라 그렇지만 다른 사람들도 그런 얘기를 많이 한다. 얼마 전 엘리베이터에서 만난 아줌마가 그런 얘기를 했고 딸 친구 중 한 명도 이렇게 말했다는 것이다. "내 친조카들도 엄청 예쁜데 난 주원이가 제일 예쁜 것 같아. 난 살면서 주원이만큼 잘생긴 아기는 본 적이 없어." 자기 조카보다 친구 아기가 예쁘다는 건 빈말만은 아닌 것 같다.

나만 그러는 게 아니다. 큰사위도 입만 열면 자식 자랑이다. "주원아, 너는 어쩜 이렇게 예쁘니! 잘생겼니!" 매일 감탄한다. 아내도 그러고 딸도 그런다. 애를 보면서 늘 감탄에 감탄을 거듭한다. 남이 보면 우리 가족은 정상이 아니다. 약간 맛이 간 사람들로 보일 것이다. 그럼에도 불구하고 주원이가 너무 잘생겼다는 내 생각에는 변함이 없다.

주원이는 눈이 정말 예쁘다. 난 그렇게 맑고 초롱초롱 빛나는 눈을 본 적이 없다. 초롱초롱하다는 건 바로 주원이 눈을 두고 만든 표현이다. 천사의 눈은 이렇다고 자신 있게 얘기할 수 있다. 보조개도 예쁘다. 남자가 보조개가 있다니. 날 닮아 눈두덩이가 수북한 모습도 귀엽다. 미간을 찌푸리며 인상 쓰는 모습도 귀엽다. 어른이 인상을 쓰면 미운데 아기가 인상을 쓰는 건 왜 이렇게 예쁜지 모르겠다. 가끔 뭐라고 소리를 지르는 모습도 앙증맞다. 뭔가 주장을 하는 것 같은데 그게 어떤 내용인지 정말 궁금하다. 게다가 주원이는 튼실하다. 6개월인데 몸무게가 9킬로그램이 넘는다. 젖살이 올라 오동통하다. 그래서인지 이상하게 뒤집는 게 늦다. 조리원 동기들은 다 뒤집었다는데 주원이만 뒤집지를 못한다. 딸과 사위가 시간이 날 때마다 뒤집기 훈련을 시켰는데 잘 되지 않았다.

그러던 큰애가 주원이가 드디어 뒤집었다고 동영상을 보내왔다. 누웠다 뒤집었는데 팔을 빼지 못해 끙끙대는 것이다. 1분 동안 애를 쓰다 간신히 팔을 빼는 영상이다. 웃기기도 하고 귀엽기도 하다. 주원이가 처음 뒤집은 날 우리 집도 뒤집혔다. 동영상을 돌려보고 거기에 대해 얘기했다. 남들 못 뒤집는 걸 주원이만 뒤집은 것도 아닌데 그렇게 온 집안이 수선을 떨었다. 본인도 뒤집은 게 신기했는데 밤새 뒤집느라 잠을 제대로 자지 못했다고 한다. 아기한테 뒤집는 건 큰 사건이란다. 시선이 달라지기 때문이다. 늘 한쪽으로만 보다가 처음으로 다른 쪽을 볼 수 있게 된 것이다. 주어진 시선을 그대로 받아들이다 처음 자기 의지로 시선을 바꾸게 되는 것이다. 애가 뒤집는 건 단순히 몸만 뒤집는 게 아니란 사실을 이번에 실감했다.

어제 본 주원이는 일주일 사이 부쩍 컸다. 어른들은 1년 만에 만나도 별로 변한 게 없는데 아기들은 일주일 만에 봐도 성장한 게 느껴진다. 그게 참 신기하다. 그렇게 밤에 여러 번 깨서 엄마를 힘들게 하더니 어제는 통잠을 잤다면서 딸애가 기뻐한다. 오늘 새벽 5시에 주원이가 내 방에 왔다. 잠이 완전히 깬 것 같다. 훨씬 의젓해졌다. 칭얼거리지도 않고 내 품에서 잘 있다. 같이 클래식 음악을 듣고 있는데 그렇게 마음이 평화로울 수 없다. 기쁨으로 충만했다. 더 이상 바랄 게 없다. 내 인생 최고의 순간이다.

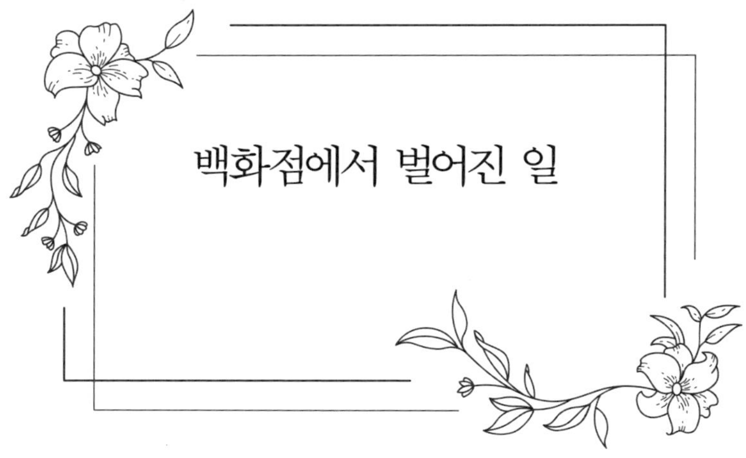

백화점에서 벌어진 일

올해는 유난히 추워 주원이는 늘 집구석에만 있었다. 이번 주말은 그런대로 날씨가 괜찮아 주원이를 데리고 백화점에 가기로 했다. 식사도 하고 차도 마시며 여기저기 산책하려는 목적이다. 애가 있으면 제약조건이 많다. 너무 시끄러워도 안 되고 고깃집처럼 연기가 나도 안 된다. 게다가 요즘은 노키즈존이 많아 아무 데나 갈 수도 없다. 여기저기 장소를 자유롭게 옮겨 다닐 수도 없다. 그래서 딸과 아내는 백화점 안에서 식사와 차를 동시에 할 수 있는 장소를 선정했다. 베키아누보란 곳이다. 가격은 좀 비싸지만 식사도 괜찮고 디저트와 커피가 맛있는 집이다. 근데 좀 늦으면 자리가 없어 내가 서둘렀다. 그렇지 않아도 급한 성격 때문에 늘 가족의 잔소리를 들었는데 이번에도 예외가 아니었다. 일찍 도착한 덕분에 복도 쪽에 좋은 자리가 있어 성인 네 사람이 앉고 주원이는 아이용 의자에 앉혔다. 주원이는 새로운 곳이라 그런지 눈을 반짝이고 고개를 왔다 갔다 하며 꽤 점잖게 앉아 있었다. 우리는 맛난 음식을 먹고 커피도 마시면서 우아한 시간을 보내고 있었다.

근데 애를 보던 아내가 고개를 갸우뚱한다. "여보, 애가 똥을 누는 것 같아요. 힘을 잔뜩 주는데." 그 말에 모두가 애를 봤는데 태연하다. 냄새를 맡아보라는 아내 말에 코를 대봤지만 별다른 냄새를 맡을 수 없었다. 막 음식이 나왔을 때라 일단 음식을 먹자고 했다. 애 생각은 하지 않은 채 어른들끼리 음식을 다 먹었는데 아무래도 이상하다는 아내 말에 사위가 냄새를 맡더니 "똥 싼 거 맞네요. 냄새가 나요."라고 한다. 아내와 딸이 옆 화장실에 애를 데리고 들어갔다. 나와 사위는 차를 마시면서 앉아 있었다. 갑자기 딸이 뛰어나와 남편을 찾는다. "여보, 빨리 10층에 가서 아기 내복을 사 와. 똥을 엄청나게 쌌어." 그 말을 끝낸 딸애는 화장실로 가고 사위는 6층에서 10층으로 뛰어 올라갔다. 졸지에 나만 남아서 짐을 지키고 있었다.

얼마 후 사태를 진정시킨 사람들이 다시 모였다. 아내의 설명이다. "화장실에 들어가 보니 똥을 엄청나게 쌌는데 위아래 옷 모두 똥으로 범벅된 거예요. 처음 쌌을 때 처리했으면 됐는데 어른들이 밥을 먹는다고 시간을 끄는 동안 불편했던 애가 몸을 움직이면서 온몸에 묻은 거예요. 잠시 나온 거라 예비 옷도 가져오지 않고 기저귀 하나만 가져왔는데 당황스럽더라고요. 그래도 여러 명이 왔기에 망정이지 혼자 왔으면 해결하기 어려웠을 것 같아요." 아내는 애를 들고 있고, 딸애는 애를 씻기고, 사위는 내복을 사오고, 나는 짐을 지키고 완벽한 팀워크로 손자의 배변 문제를 해결하고 무사히 집으로 귀환했다.

집으로 돌아온 후 아내는 똥 싼 옷을 내게 주면서 목욕탕에서 빨라고 했다. 본인은 식사를 준비해야 하기 때문이다. 위아래 내복과 겉옷 하나에 똥이 묻었는데 내복은 그야말로 노란 똥으로 범벅되어 있었다. 빨랫비누로 세 번을 빨아도 쉽게 지워지지 않는다. 근데 참 이상하다. 아기 똥이라 그런지 색깔도 곱고 냄새도 별로 나지 않는다. 더럽다는 생각이 조금도 들지 않고 귀엽다는 생각만 든다. 힘을 주던 모습이 떠오르고 똥 싼 후의 천연덕스러운 표정도 우습다. 며칠 만에 본 배변으로 기분이 좋아져 이후 얼마나 소리를 질렀는지 모른다.

똥으로 범벅된 내복을 빨면서 휘파람을 부는 나 자신도 놀랍다. 만약 다른 사람이 똥 싼 옷을 빨라고 했다면 어떤 일이 벌어졌을까? 빨기는 했을까? 이래저래 손자를 통해 이런 나를 보는 것이 낯설다. 이기적인 내게 이런 면이 있다는 것이 놀랍다. 내가 스스로 변한 것일까, 아니면 손자가 나를 변화시키는 것일까, 아니면 귀엽기 때문에 모든 것이 용서되는 것일까? 하여간 손자 덕분에 갖가지 경험을 하는 요즘이다.

생활의 중심

　주원이가 태어난 후 우리 생활은 늘 주원이를 중심으로 돌아
간다. 평일 저녁마다 주원이를 봐주던 아내가 여행을 갔을 때가
그렇다. 하루는 내가 주원이를 보고 또 다른 하루는 둘째가 월차
를 내고 달려오고 사위 역시 칼퇴근하고 애를 본다. 아내가 아파
못 간 저녁에는 그 역할을 내가 해야 했다. 주말에는 아무런 약속
을 잡지 않고 주원이와 놀아야 한다.

　외식을 갈 때도 주원이가 중심이다. 일단 시끄럽고 사람 많고
고깃집같이 연기가 나는 곳은 피한다. 한적하고 쾌적하고 주차
도 쉬워야 하고 유모차 둘 곳이 있어야 하는데 마땅치 않다. 우리
부부가 그렇게 좋아하던 외식도 거의 못 한다. 주말에 육아에 지
친 딸과 사위가 영화라도 보게 하려면 그 시간은 온전히 나와 아

내가 애를 봐야 한다. 이래저래 생활의 중심에 주원이가 있다. 며칠 전에는 예전 동료였던 한익수 사장을 만났는데 공통 화제가 육아였다. 그분은 캐나다로 이민 간 딸이 10년 만에 애를 낳아 친정에 와 있단다. 당분간 돌아갈 계획이 없어 자기 부부가 애를 보는데 보통 일이 아니란다. 할아버지 둘이 육아 얘기로 꽃을 피웠다. 남이 봤으면 뭐라 했을 것이다.

이번 겨울은 너무 추워 어딜 움직일 수 없었다. 어른들도 애도 집구석에 있으니 답답하다. 집이 건조해 애 컨디션이 별로다. 지난주에는 애가 감기에 중이염 증세까지 있어 밤에도 자질 못하고 칭얼댔다. 그 바람에 애들 부모가 고생을 많이 했다. 둘 다 얼굴이 반쪽이다. 얼마나 딱한지 모르겠다. 그래도 낮에는 잘 논다. 얼마나 잘 웃는지 모른다. 인지능력이 생겨서 아는 사람을 보면 미소를 날린다. 며칠 만에 나를 보고 방긋방긋 웃으면 난 정신을 못 차린다. 요즘은 팔까지 휘두르며 안아달라고 적극적으로 의사를 표시한다.

어제는 출산 때문에 대학원을 휴학했던 딸이 오랜만에 학교를 갔다. 대학원이라 토요일 하루만 나가면 된다. 나는 주말 강의가 있어 오후 3시쯤 집에 왔는데 아내, 사위, 작은 딸까지 애를 보고 있다. 감기 기운이 있는 아내는 파김치가 되어 있고 다들 지친 기색이 역력하다. 나도 힘이 들어 잠시 누웠다 다 같이 바람을 쐬러

나갔다. 좁은 집에 있는 것보다 바깥바람을 쐬면 애한테도 좋을 것 같아서다. 예상대로 주원이는 바깥 풍경을 보느라 정신이 없다. 널찍한 커피숍에 들어가니 애가 칭얼대지도 않고 잘 놀아 훨씬 수월하다.

얼마간 시간을 보내고 귀갓길에 집 앞에서 학교를 마치고 돌아오는 딸을 만났다. 종일 애를 못 본 딸이 반색하는데 주원이는 반응이 없다. 눈도 마주치지 않고 딴청을 한다. 전에도 외출을 좀 길게 하고 오면 주원이가 못 본 척한다는 얘길 들은 적이 있다. 직접 그 광경을 보니 우습다. 아내도 비슷한 경험을 했다. 여행을 갔다 오느라 며칠 만에 보니 아는 척을 안 하고 외면했다. 참 이상한 일이다. 자기를 가장 사랑하고 가장 많은 시간을 보내는 엄마와 할머니에게 왜 그럴까? 나와 사위에게는 그러지 않는다. 난 며칠 만에 봐도 반색하고 종일 일하고 온 사위에게도 반색하는데 왜 엄마에게 그러는 것일까? 기대가 크기 때문일까? 아마 자기를 버려두고 종일 나간 것에 대한 섭섭함 때문인 것 같다. 섭섭함을 느끼는 주원이를 보면서 인간 존재에 대해 다시 한번 생각하게 된다. 이미 주원이는 어엿한 하나의 인격체다. 나름의 감정을 느끼고 표현할 수 있는 존재인 것이다. 애를 통해 인간 존재에 관해 공부하고 철이 들어가는 것 같다.

그분의 명령

토요일 골프를 치고 왔더니 주원이는 자고 있고 온 가족이 파김치가 되어 있다. 딸애는 토요일마다 대학원에 가서 종일 공부한다. 그동안 나머지 가족이 애를 봐야 한다. 애 보는 일은 참 힘들다. 애 하나에 어른 셋이 녹초가 된다. 오전에 아내가 백화점 문화센터에서 외국어 공부를 할 동안은 둘째 딸과 사위가 애를 봤고 오후에는 아내와 교대로 애를 봤다.

애가 그렇게 예뻐도 예쁜 것과 놀아주는 건 완전히 다르다. 어떤 이는 예뻐하기만 할 뿐 보지 못한다. 애는 잘 때를 제외하곤 계속 붙어 있어야 한다. 잠시도 눈을 뗄 수 없다. 잘 놀 때조차도 옆에 있어야 한다. 우유도 먹이고 기저귀도 갈아야 한다. 칭얼거릴 때는 달래고 졸릴 때는 안고 재워야 한다. 화장실에 갈 때조차 같이 있어야 한다. 나는 가끔 애를 보는데도 애와 몇 시간 있으면 기진맥진한다.

요즘 우리 집 화두는 이유식 만들기다. 이유식 책을 갖다 놓고 아내와 딸이 연구하고 실험한다. 고기와 온갖 채소를 삶아 잘게 부수고 채로 쳐서 고운 쌀과 함께 삶아 다시 짠다. 이유식 제조를 위해 용기도 사고 저울도 사고 각종 도구가 부엌에 한가득하다. 재료를 갈고 짜고 하는 건 힘이 들기 때문에 나와 사위가 가끔 하는데 이 또한 보통 일이 아니다. 애기가 예쁘니까 힘들어도 가리지 않고 하게 된다.

애들은 변화가 크다. 어른들은 오랜만에 만나도 별 변화가 없지만 애들은 다르다. 애들은 하루가 다르게 큰다. 난 주말마다 주원이를 만나는데 그때마다 달라져 있다. 이목구미가 점점 또렷해진다. 이유식을 시작한 뒤로는 젖살도 조금 빠져 인물이 더 훤해졌다. 자는 것도 훨씬 나아졌다고 한다. 밤에 여러 번 깨서 딸과 사위를 힘들게 했는데 요즘은 통잠을 잔단다. 무엇보다 잘 웃는다. 아내는 매일 보는 자기에게 마구 미소를 날린다고 신기해한다.

내게는 더 많은 미소를 날리는 것 같다. 지난 주말 주원이를 데리러 가자 처음에는 긴가민가하더니 이내 내가 기억났는지 은근한 미소를 날린다. 카리스마 가득한 은은한 미소다. 마치 '너를 기다렸으니 주말 동안 한 번 잘해보라.'는 것 같다. 그 미소에 난 충성을 다짐한다. 그 미소를 보고 그를 거역하는 건 상상할 수 없다.

가장 큰 변화는 인지능력이 생긴 것이다. 자주 보는 사람은 알아보고 그 사람 역할을 나름 설정한 것 같다. 엄마는 맘마를 주는 사람, 할머니는 수시로 자기를 보살피는 사람, 아빠는 목욕시켜주는 사람, 내 경우는 안아주는 사람인 것 같다. 나를 보면 웃으며 "어이" 비슷한 소리를 내면서 팔을 뻗는다. 자기를 안으라는 신호다. 너무나 강력한 요구라 절대 뿌리칠 수 없다. 다른 사람에게는 그러지 않는데 유독 내게는 원하는 게 확실하다. 내가 집에서 별 힘이 없다는 게 애 눈에도 보였던 모양이다. 제기랄! 그래도 난 이런 요구가 좋다. 절대 거부할 수 없다. 아니, 거부하기 싫다. 전날 골프를 치고 와 허리가 뻐근했지만 기쁜 마음으로 그분의 명령을 따랐다.

어제 오후는 주원이를 안고 재우다 나도 두 번이나 같이 잤다. 애를 배 위에 올려놓고 잠시 후에 일어나야지 하다가 잠이 든 것이다. 애와 함께 있으면 영혼이 맑아지는 기분이 든다. 더 잘 살아야지, 애를 위해 좀 더 좋은 세상을 만들어야지 하는 다짐을 하게 된다. 애와 함께 잠을 자고 나면 영혼이 샤워를 한 기분이 든다. 세상이 각박해진 이유 중 하나는 애 숫자가 준 것이 아닐까 근거 없는 추측을 해본다.

천사 시중들기

주말은 무슨 일정을 잡을 수가 없다. 대학원에 다니는 큰딸이 수업받는 동안 우리 부부, 사위, 시집간 둘째가 시간을 나눠 주원이를 본다. 어제 오전은 나와 사위가 주원이 당번을 한 날이다. 봄이 와서 밖은 환상이다. 목련이 지천으로 피고, 개나리와 진달래도 피고, 벚꽃은 곧 터질 듯이 멍울이 커졌다. 오랜만에 미세먼지도 적어 유모차를 끌고 밖으로 나왔다. 주원이가 고개를 빳빳이 세우고 여기저기 구경하느라 바쁘다. 맨날 방구석에만 있던 그도 답답했던 모양이다.

아파트 뒤 한적한 산책로를 왔다 갔다 하며 사위와 근황을 나눴다. 어제 모교에 가서 P2P 관련 강의를 한 얘기며 두바이에서 사업하는 선배를 만난 얘기 등을 들었다. 나도 최근 있었던 강의와 만난 사람 얘기를 하면서 대화의 꽃을 피웠다. 바람이 좀 불기에 동네 빵집에 들어가 커피를 한 잔씩 시키고 옆에 주원이를 앉혀 놓았다. 주인아줌마는 주원이가 예뻐 어쩔 줄 모른다. 들어오는 손님들마다 말을 시킨다. 몇 달이 됐느냐, 어쩜 이렇게 예쁘냐 하며 오는 손님마다 주원이를 보고 말을 건넨다. 덕분에 우리는 우아한 시간을 보낼 수 있었다.

얼마 후 우리 집 위층에 사는 아는 아줌마가 빵집에 들어왔다. 중년인 그녀는 미인이고 우아하다. 부잣집에서 곱게 자란 티가 역력하다. 본인은 피아니스트이고 남편은 의사인데 우리처럼 딸만 둘이다. 가끔 길에서 만나면 친절하게 안부를 주고받는다. 그녀가 방송에서 나를 본 게 계기가 됐다. 오래전 난 「아침마당」이란 텔레비전 프로에서 특강을 한 적이 있었다. 그녀가 마침 그걸 본 모양이다. 다음 날 아파트 입구에서 만나자마자 그 얘기를 한다. "전 깜짝 놀랐어요. 우연히 텔레비전을 틀었는데 매일 보는 사람이 강의하잖아요. 근데 어쩌면 그렇게 강의를 잘하세요. 너무 재미있게 봤어요." 대충 이런 내용이다. 그 사건 이후 내게 유난히 친절하다. 딸들도 엄마를 닮아 하나는 줄리아드에서 공부하고 다른 하나는 독일에서 공부하고 있단다.

그녀가 우리를 보고 반가워한다. 주원이가 너무 예쁘다며 인사한 뒤에 이것저것 얘기한다. 주로 자식들 근황이다. 내게는 사위 칭찬을 하고 사위에게는 내 칭찬을 한다. 자기도 빨리 저런 사위를 얻고 싶다고 말하고서 나갔다. 주원이 덕분에 활발하게 사회 활동을 했다. 만약 주원이가 없이 나 혼자 빵집에 앉아 있었다면 어떤 일이 일어났을까? 사람들은 나를 보고 무슨 생각을 했을까? 청승맞다고 생각하지 않았을까? 주원이 덕분에 내 인생이 다시 꽃피는 느낌이다. 작은 천사 덕분에 사람들이 내게 말을 걸고 나 역시 그들과 교류할 수 있어 아름다운 오전이었다.

미국 유학 시절 난 주말마다 혼자 애를 봤다. 아내가 일했기 때문이다. 남자 혼자 애를 보는 건 쉽지 않은 일이다. 그럴 때면 난 애를 데리고 쇼핑몰이나 숲이 있는 공원으로 갔다. 밖에 나가면 애도 컨디션이 좋아졌다. 나 역시 애를 매개로 낯선 사람과도 말을 주고받았다. 주로 "예쁘네요. 몇 개월이에요?" 같은 말이 시작이다. 주원이는 천사다. 천사를 보면 사람들이 달라진다. 표정이 확 달라진다. 저절로 웃는다. 천사에게 말을 건네고 싶어 한다. 천사와 손을 잡고 싶어 한다. 천사가 미소라도 지어주면 좋아 어쩔 줄 모른다. 천사를 시중드는 난 덩달아 기쁘다. 시중드는 것만으로도 이렇게 행복할 수 있다는 게 신기할 따름이다. 천사와 함께하는 주말이 내게는 꿈같은 시간이다.

아이는 어른의 스승

　주말마다 주원이와 시간을 보낸다. 생각해 보니 아기와 이렇게 많은 시간을 보낸 적이 별로 없는 것 같다. 아기를 안고 먹이고 재우고 똥오줌 싼 걸 치우고 칭얼거리는 걸 달랜 기억도 가물가물하다. 그래서 내게 주원이의 모든 행동은 호기심의 대상이다. 주원이는 잘 웃고 잘 먹고 잘 잔다. 세상에 그렇게 잘 웃는 아기는 본 적이 없다. 늘 기분이 좋다. 특히 자고 일어나 젖을 먹은 후 기분이 최고다. 자고 일어나 젖을 먹은 후 트림할 때면 늘 방긋방긋한다. 요즘은 기분이 좋으면 소리를 지른다. 새소리 같기도 하고 타잔 소리 같기도 하다. 나름 기쁨의 표현이다.

　주원이는 혼자 있을 때보다 사람이 많을 때 기분이 좋다. 사람 많은 곳에 가면 흥분한다. 레이더 돌아가듯 고개가 주기적으로 왕복운동을 한다. 안고 있기가 힘들다. 목욕하는 것도 좋아한다. 목욕탕에 물 받는 소리가 나고 옷을 벗기면 흥분한다. 탕 속도 좋아하고 씻고 난 후에도 기분이 좋다. 졸리면 바로 티가 난다. 눈을 비비고 안아달라고 강력히 요구한다. 조용한 방으로 데리고 들어가면 염불 소리 비슷한 소리를 낸다. 우리는 그걸 '나 아직 안 자니까 내려놓지 마.'라는 말로 해석한다. 절대 함부로 일찍 내려놓으면 안 된다는 뜻이다. 나도 장단에 맞추어 비슷한 소리를 낸다. 10분쯤 염불 소리를 주고받다 보면 어느새 몸이 축 처지고 조용해진다. 자기 시작한 것이다. 비로소 내게도 휴식 시간이 찾아온다.

주원이는 안정감이 있다. 어른처럼 분주하지 않고 뭔가 궁금하면 그걸 오랫동안 바라본다. 만져보고 입에 넣으려 한다. 사람을 볼 때 가장 그렇다. 처음 보는 사람의 경우 낯을 익히려는지 꽤 열심히 본다. 나같이 익숙한 사람을 보면 반색한다. 저녁마다 주원이를 보러 가는 아내에게 늘 온몸으로 반가움을 표시한다고 한다. 소리를 지르면서 난리가 난다는 것이다. 주원이에게서 인간의 원초적 모습을 볼 수 있다. 원래 인간은 누군가를 보면 그렇게 반가워하는 존재인 것 같다. 그의 눈은 사랑으로 가득하다. 그가 젖을 먹이는 자기 엄마를 바라보는 모습을 찍은 적이 있다. 그렇게 사랑스러울 수 없다. "나 엄마 사랑해."라고 온몸으로 표시

한다. 난 이 사진에 '이게 바로 사랑'이란 제목을 붙이고 싶다. 사랑한다고 백번 얘기하는 것보다 그 사진 한 장이 사랑에 관한 모든 걸 얘기한다. 그는 맑고 투명한 눈을 가졌다. 그런 눈을 본 기억이 없지만 나를 비롯한 모든 인간의 눈도 예전엔 그랬으리라.

천사 같은 주원이지만 감정은 어른들과 다르지 않다. 엊그제 집에 지인이 두 살, 세 살 된 아이 둘을 데리고 놀러 왔다. 노는 모습이 귀여워 한번 안아보자고 했더니 그들이 순순히 와서 안긴다. 그때 주원이가 격하게 소리를 지른다. 온몸으로 반대를 표시한다. 그 할아버지는 내 것인데 어찌 너희들이 내 물건에 손을 대느냐는 것 같다. 깜짝 놀란 나와 애들이 떨어졌다. 그제야 주원이가 안심하고 평상심을 되찾았다. 7개월밖에 안 된 주원이에게 질투심이 있다는 사실이 놀라웠다.

그뿐 아니다. 전날 내가 목욕시킬 때의 일이다. 이가 두 개 난 이후 입속에 손을 넣어 씻겨주는데 갑자기 내 손가락을 꽉 깨문다. 너무 아파 나도 모르게 "아!" 하고 소리를 질렀다. 그 소리에 놀란 주원이가 우는데 그냥 울음이 아니다. 서러움에 복받쳐 우는 울음이다. 믿었던 할아버지가 그깟 일로 나를 야단칠 수 있느냐는 서러움이다. 흐느낌이다. 난 두 손과 두 발을 모아 싹싹 빌었다. 그래도 한동안 울음을 그치지 않았다. 그가 내게 하는 기대가 어떤 것인지 대충 알 수 있었다.

　말을 못 한다고 생각이 없는 건 아니다. 말은 못 하지만 아이는
이미 훌륭한 인격체다. 자기 생각이 있고 감정이 있다. 그래서 자
기를 사랑하는 사람에겐 격하게 사랑을 표시한다. 누가 자기를
좋아하는지도 대번에 알아본다. 아이가 어른의 스승이란 사실을
주원이를 보면서 배운다.

젖을 떼는 아픔

한동안 주원이는 통잠을 잘 잤다. 저녁 7시 좀 넘어 잠을 자기 시작해 10시쯤 비몽사몽 엄마 젖을 먹고 다음 날 아침까지 푹 잤다. 덕분에 자기 엄마도 아빠도 이젠 한고비를 넘기나 싶었다. 근데 젖을 떼면서 리듬이 깨졌다. 밤에도 여러 번 일어나고 잠투정도 심해졌다는 말을 들었다. 주말에 애를 보니 실제 그랬다. 젖을 떼서 그런지 좀 말라 보인다. 그래도 낮에는 여전히 활달하고 장난기가 넘친다. 어제는 새벽에 일어나 우는데 그칠 기색이 보이지 않는다. 시계를 보니 4시 반이다. 딸보고 잠 더 자라고 하고 주원이를 내 서재로 데려왔다.

주원이는 유난히 내 서재를 좋아한다. 책도 많고 공기가 시원해서 그런 것 같다. 완전히 잠이 깨어 눈을 반짝이며 좋아한다.

방 안 모든 것이 주원이에겐 장난감이다. 보이는 족족 만지고 빨고 한다. 처음에는 내 컴퓨터 바탕화면의 비눗방울을 본다. 비눗방울 같은 것이 움직이는 모습이 신기한 모양이다. 이어 오디오에서 나오는 앙드레 가뇽 음악을 듣는 것 같다. 가만히 뭔가 생각에 잠기기도 한다. 무슨 생각을 하는 것일까? 참 궁금하다.

이어 책상 위 물건을 자꾸 만지려 하기에 작은 이불을 깔고 앉혀 놨다. 눈앞에 있는 깡통을 흔들고 잡지를 입에 넣는다. 자꾸 일어서서 책을 만지려 한다. 그렇게 한 시간 넘게 놀았다. 잘 시간에 잘 생각을 하지 않고 왜 이러는 것일까? 뭔가 허전한 것 같다. 뭔가 빨고 싶은데 빨 게 없어서 그런 것 같다. 말을 못 해 자기 생각을 표현할 수는 없지만 젖을 뗀 후유증인 것 같다. 어린 것이 참 딱하다.

불현듯 옛날 생각이 난다. 내 첫 기억은 동생이 태어나던 날이다. 비가 오던 날 급하게 이웃에 사는 큰엄마가 오셨다. 부엌에서 물을 끓이고 분주했다. 나와 누나는 안방 출입이 금지됐고 얼마 후 동생이 태어났다. 한동안 어머니는 큰어머니가 끓여온 조개 미역국을 드셨는데 옆에서 턱을 빼고 앉아 있던 내게 조개를 건져 주셨다. 이상하게 그 일이 기억난다. 나름 어린 내게 충격적인 사건이었던 것 같다.

또 다른 하나는 동생이 젖을 떼던 장면이다. 어머니가 젖을 떼려고 젖꼭지에 아주 쓴 약(학질 걸렸을 때 먹는 키니네라고 들었다)을 발랐고 그 사실을 모르고 젖을 물었던 동생은 자지러지게 울었다. 누구나 엄마 젖을 먹고 자란다. 엄마 젖을 통해 영양도 공급받고 세상의 따뜻함도 느낀다. 하지만 언제까지 엄마 젖을 먹을 수는 없다. 시간이 지나면 젖과 이별해야 한다. 그래야 성장할 수 있다. 지금 어린 주원이가 그런 과정을 겪고 있는 것이다.

내 수호신

부산에 일이 있어 오랜만에 김포공항에 갔다. 금요일이라 사람들이 제법 많다. 아기를 데리고 온 젊은 부부들도 눈에 많이 띈다. 요즘은 아기들이 내 눈에 많이 들어온다. 애를 안고 비행기를 설명하는 엄마, 기저귀를 갈기 위해 수유방으로 향하는 엄마, 소리를 지르고 다니는 애를 쫓아다니는 아빠 등등. 내 옆에 귀엽게 생긴 주원이 또래 여자 아기가 엄마와 함께 있기에 눈을 깜빡했더니 애가 나를 유심히 본다. 까꿍 하고 재롱을 떨었더니 애가 웃는다. 이내 눈치를 챈 아기 엄마도 웃는다. 원래도 애를 좋아했는데 손자를 본 후 그 증세가 심해졌다. 문득 주원이가 보고 싶어진다. 생전 누군가를 그리워하지 않았던 내가 누군가를 보고 싶어한다는 건 놀라운 변화다.

아내는 저녁마다 주원이를 보러 딸네 집에 간다. 사위가 올 때까지 주원이를 봐주러 간다는데 내가 볼 때 주원이가 보고 싶기 때문인 것 같다. 아내가 주원이를 봐주러 가는 게 아니라 주원이가 할머니를 봐주는 것이다. 덕분에 난 독거노인이 되어가고 있다. 지난주는 일이 많아 아내도 제대로 보지 못했다. 딸네 부부는 주말마다 우리 집에 온다. 딸은 대학원에 다니고 있어 공부해야 하고 사위는 좀 쉬어야 하기 때문이다. 보통 금요일 저녁에 아내와 함께 주원이를 데리러 가는데 이번 주는 내가 바빠 아내가 혼자 주원이를 데려왔다. 다음 날 새벽 주원이가 보고 싶지만 깨울수도 없고 아쉬운 마음으로 일하고 있었다. 그런데 불현듯 딸이 주원이를 데리고 내 방에 들어온다. 더 재워보려고 했는데 도저히 잘 것 같지 않다는 것이다. 난 기쁜 마음으로 주원이를 안았다. 주원이가 눈을 반짝이며 세상을 얻은 듯 내게 안긴다.

주원이는 유난히 내 서재를 좋아한다. 내 서재는 ㄷ 자 모양으로 책상들이 있다. 가운데 책상 위에 주원이를 앉혀 놓으면 잘 논다. 우선 음악이 나오는 오디오를 갖고 논다. 볼륨을 조절하는 단추가 신기한지 자꾸 돌린다. 볼륨이 커졌다 작아졌다 난리다. 조만간 망가질 것 같다. 책상 위 컴퓨터용 뚜껑은 무조건 잡아 뺀다. 뺀 뚜껑을 입에 넣고 빨고 던지고 한다. 완전히 밥이다. 다음은 별사탕이 들어 있는 작은 깡통을 흔든다. 잣과 마른 생강이 든

플라스틱병도 흔든다. 무엇보다 주원이가 가장 좋아하는 건 휴지 빼기다. 통 안 휴지를 하나하나 다 뺀다. 예전에 딸 화영이도 휴지 빼는 걸 좋아했다. 한번은 방 안에서 조용히 놀기에 이상해 들어가니 모든 휴지를 빼서 방 안 가득 늘어놓기도 했다. 이번 주부터는 움직임이 커져서 옆 책꽂이까지 진출했다. 온갖 잡동사니가 들어 있는 바구니 속 물건도 꺼내기 시작했다.

어른들은 매일이 그날 같은데 애들은 매일이 다르다. 기기도 잘하고 인지능력도 발달해서 사람을 알아보고 거기에 맞는 요구를 한다. 나를 보면 무조건 손을 벌린다. 빨리 자신을 안아달라는 것이다. 말도 조금씩 통한다. 아내처럼 나도 뽀뽀를 요구했더니 기꺼이 해준다. 입을 뺨에 대고 침을 잔뜩 묻힌다. 두 개 난 이로 꽉 깨물기도 한다. 아프지만 참아야 한다. 그 정도 아픔에 소리를 지르면 천사가 다시는 안 해줄지 모른다. 천사의 뽀뽀를 받으면 세상 모든 것을 얻은 것 같다. 그렇게 기쁠 수 없다. 세상에 아기처럼 귀한 존재가 있을까? 이렇게 예쁜 것이 있을까?

애를 보는 건 힘도 들고 돈도 들고 시간도 많이 든다. 투자를 생각하면 낳지 않는 게 답일지도 모른다. 하지만 천사가 내게 주는 것과 우리 가족에게 주는 기쁨은 표현할 길이 없다. 둘째 지연이는 한 주도 빠짐없이 우리 집에 온다. 주원이를 보기 위해서다. 지난주에는 회사 일로 오지 못한다고 얼마나 안타까워하던

지. 나 역시 주말에는 목을 빼고 주원이를 기다린다. 시간만 나면 스마트폰 속 주원이 사진을 본다. 그럼 나도 모르게 미소가 지어진다. 가슴속에서 무언가 올라오는 게 느껴진다. 눈물이 나기도 한다. 지금도 그렇다. 밖에 주원이 소리가 들린다. 천사를 만나는 시간이 온 것이다. 내가 주원이를 돌보는 게 아니고 주원이가 나를 돌본다. 주원이는 나를 지켜주는 천사다. 아무도 사랑해 주지 않는 별 볼 일 없는 할아버지를 위해 하늘이 보내준 수호신이다.

기쁨의 천사

일주일간 주원이가 집에 머물다 갔다. 주원이가 오는 건 반갑지만 그로 인해 잃는 것도 많다. 우선 아침 시간이 희생된다. 내가 무엇보다 중요하게 생각하는 나만의 시간이다. 내가 가장 사랑하는 시간이다. 새벽 4시쯤 일어나 앙드레 가뇽의 음악을 틀어놓고 따뜻한 차를 마시는데 그렇게 좋을 수 없다. 명상하고 일기를 쓰고 오늘 할 일을 계획한다. 내 본업인 글도 쓴다. 근데 그 시간에 침입자가 나타난 것이다. 바로 주원이다.

아내가 주원이를 안고 내 방에 들어온다. 아직 6시도 되지 않았는데 방긋 웃으며 들어온다. 잠에서 완전히 깨어난 모습이다. 뭐라고 반갑게 인사를 한다. 난 모든 걸 포기하고 주원이와 놀기로 한다. 틈틈이 기저귀도 갈고 이유식과 우유도 먹인다. 지루해

하면 유모차에 태우고 동네를 한 바퀴 돈다. 졸리면 재우는데 애를 재우다 내가 먼저 자는 경우도 종종 있다. 가끔은 내 가슴 위에서 잔다. 할아버지와 손자가 함께 자는 건 평화의 극치다. 세상에 이보다 큰 평화는 없다.

외식도 희생해야 한다. 좋아하는 외식을 즐길 수가 없다. 주원이가 졸릴 시간을 고려해야 하고 장소에도 제한이 많다. 주차장이 없는 곳도 안 되고 쾌적하지 않은 곳은 피해야 한다. 노키즈존인지도 확인해야 한다. 그러다 보니 웬만하면 집에서 먹게 된다.

내 자유 시간도 사라졌다. 오전엔 일하고 오후엔 소파에 누워 골프 프로를 보거나 영화를 보는 게 큰 낙인데 그걸 못하는 것이다. 주원이 엄마가 주원이 앞에선 아예 텔레비전을 켜지 못하게 하기 때문이다. 딸이 하지 말라는데 할 수도 없고 참 답답한 일이다. 애가 있는 일주일은 뉴스조차 제대로 보지 못했다. 정결하던 집 안도 엉망이 된다. 주원이가 기기 시작하면서 늘 애를 관찰해야 한다. 자칫하면 사고를 치기 때문이다. 세상일 중 애 보는 게 가장 힘든 것 같다. 모든 걸 아이에게 맞추어야 하기 때문이다. 졸려도 졸 수 없고 쉬고 싶어도 쉴 수 없다. 오로지 애 리듬에 내가 맞추어야 한다.

그래도 주원이는 너무 예쁘다. 기쁨을 전파하는 천사다. 주원이를 데리고 길에 나서면 만나는 사람들이 자동으로 웃는다. 무뚝뚝하던 아저씨도 입꼬리가 올라가면서 까꿍을 한다. 주원이는 사람을 빤히 보는데 그걸 눈치챈 사람들은 대부분 미소를 짓는다. 예쁘다고 하거나 몇 개월이냐고 물어본다. 내가 자주 가는 빵집 아줌마는 특히 주원이를 예뻐한다. 늘 애를 안아 보고 말을 건넨다. 한번은 야쿠르트 아줌마에게 뭔가를 사려고 말을 건넸더니 다짜고짜 주원이를 안는다. 평소 센 인상이었는데 애를 안을 때는 인자한 아줌마로 바뀐다. 주원이가 지나가면 사람들 얼굴이 환해진다. 전구가 밝게 켜지는 것 같다. 난 은근히 그런 시간을 즐긴다.

야단법석을 치던 주원이가 일주일 만에 자기 집으로 돌아갔다. 갑자기 고요와 적막이 몰려왔다. 마치 쓰나미가 지나간 느낌이다. 창을 열고 이불을 개고 주원이 물건을 정리하고 오랜만에 조용히 앉아본다. 이 시간이 참 좋다. 주원이랑 노는 것도 좋지만 주원이가 떠난 후의 시간도 참 좋다. 손자가 오면 반갑지만 가면 더 반갑다던 말의 의미를 알 것 같다.

주원이가 간 후 이틀이 지났다. 또 보고 싶다. 아내와 주원이 얘기를 한다. 주원이는 지금 뭐 하고 있을까? 왜 나 같은 아저씨에게 그런 감정이 생길까? 생전 누군가를 보고 싶어 하지도 않고 그리워하지도 않는 난데. 혼자 계신 어머니에게 안부 전화도 하지 않는 난데. 친구들한테 헬로도 하지 않는데. 내가 왜 이럴까?

여러 이유가 있겠지만 그만큼 주원이를 사랑하기 때문일 것이다. 주원이의 장점은 반색이다. 날 만나면 진심으로 반가워한다. 타잔 소리를 내면서 반색한다. 손을 내 쪽으로 죽 뻗으며 뭐라고 얘기하는 것 같다. "어서 오세요. 할아버지, 보고 싶었어요. 저를 안아주실 거죠? 저도 할아버지가 보고 싶었어요." 내가 생각하는 좋은 관계의 절정은 바로 사랑하는 손자와의 관계다. 순수하고 고귀하다. 사랑으로 가득 찼다. 안 보면 보고 싶다. 보면 반가워 뽀뽀하고 볼을 비빈다. 뽀뽀를 요구하면 침으로 가득한 입을 내 뺨에 비빈다. 그때 난 절정에 오른다. 가슴 깊은 곳에서 환희의 노래가 들리는 것 같다. 오늘은 화요일인데 벌써 금요일이 기다려진다.

육아관광

아내가 주원이 육아를 본격적으로 시작하면서 그동안 주말에 어딘가를 놀러 가는 건 꿈도 꾸지 못했다. 주중에는 저녁마다 가서 애를 보고 주말에는 이틀 내내 학교 가는 딸을 위해 애를 봐야 했다. 그 때문에 나 역시 주말 약속은 아내 눈치를 봐야 했다. 주말에만 애를 보는 우리 부부도 이렇게 힘이 드는데 회사 다니고 공부하면서 애를 보는 젊은 부부는 얼마나 힘들까? 그래서 그들은 방학에 맞추어 주원이를 데리고 가까운 해외에 가겠다며 휴가 계획을 잡았다. 우리 부부도 그 날짜에 맞추어 우리만의 휴가 계획을 잡았다.

근데 그 계획에 차질이 생겼다. 딸네가 주말을 이용해 1박 2일 홍천이란 곳에 다녀왔는데 엄청나게 고생한 것이다. 둘이 가기엔 좋은 곳이지만 애를 데리고 가기엔 적합하지 않았다. 바비큐를 하는데 애를 내려놓을 곳도 마땅치 않아 한 사람은 줄곧 애를 안고 있느라 힘들었다는 것이다. 대충 그림이 그려졌다. 아직 걷지도 못하고 이유식을 먹는 애를 데리고 놀러 가는 일은 만만치 않다. 그래서 해외여행 대신 제주도를 택했고 자기들끼리 가는 대신 우리 부부와 같이 가겠다고 했다. 한마디로 우리 도움이 필요했던 것이다. 이미 자기들 돈으로 비행기표와 호텔을 예약했다. 우리 부부에게는 옵션이 없었다.

제주도는 효도 관광 차 두어 번 간 적이 있다. 우리 부부가 어머니와 이모님을 모시고 2박 3일로 왔다. 아내는 장모님과 딸과 함께 효도 관광을 온 적이 있다. 이번에는 육아 관광을 온 셈이다. 집구석에서만 있느라 답답한 주원이를 위해 또 애를 키우며 일하고 공부하는 주원이 부모를 위해 우리 부부가 육아 담당으로 동원된 셈이다. 어쨌거나 기쁜 마음으로 제주에 갔다. 당연히 어른끼리 다니는 것보다 힘이 들고 자유롭지 못하다. 준비할 것도 많고 주원이 컨디션을 고려해 일정도 조정해야 한다. 그래도 주원이 덕분에 여행이 훨씬 풍요롭고 즐겁고 행복했다.

제주 날씨는 환상 그 자체였다. 최근 이렇게 좋은 적이 없다고 했다. 주원이는 좋다고 소리를 지르고 기뻐했다. 전문가에게 사진 촬영을 부탁했는데 사진사의 요구대로 잘 웃고 잘 따라 해서

작품 사진도 몇 개 건졌다. 지도 힘이 드는지 차만 타면 잠을 잘 자서 어른들은 우아하게 움직일 수 있었다. 한번은 음식점 아줌마가 예쁘다며 주원이를 안아주어 우아하게 식사도 할 수 있었다. 가끔 징징거릴 때도 있었지만 돌아가면서 애를 볼 수 있으니 나름 괜찮은 시간을 보낼 수 있었다. 저녁이면 모두가 파김치가 되어 일찌감치 잠자리에 들었다.

마지막 날에 간 카페는 분위기도 좋고 커피도 맛있고 주인들이 참 괜찮았다. 상업적인 것보다 자기들 취미를 우선으로 하는 집 같았다. 한쪽에는 명상실 같은 걸 만들어 '이곳에서는 얘기하지 마세요.'라고 써 붙였다. 오전에 가서 그런지 우리 가족밖에는 없다. 커피를 마시며 주원이를 안고 있는데 멋진 음악이 흘러나온다. 주인에게 물어보니 예감의 「그립고 그리운 기억들」이라는 곡이다. 눈을 감고 음악을 들었다. 상황에 딱 맞는 음악이다.

문득 그런 생각이 들었다. 이다음에 더 늙었을 때 난 무엇으로 살아갈까? 죽을 때 난 어떤 사람으로 기억될까? 난 어떤 기억을 떠올리며 눈을 감을까? 인간은 좋은 기억을 먹고 산다. 가장 좋은 기억은 마음껏 사랑하고 뜨겁게 사랑받는 기억이다. 지금이 바로 그렇다. 난 평생 살면서 누군가를 이처럼 뜨겁게 사랑하고 그 역시 나를 이렇게 뜨겁게 사랑한 기억이 없다. 그래서 난 지금의 이 순간이 너무 좋다. 이 순간을 그냥 흘려보내고 싶지 않다.

내가 글을 쓰는 이유도 그 순간순간을 곱씹고 되씹고 싶기 때문
이다. 내가 애들을 위해 제주에 왔다고 생각했다. 그런데 다시 생
각해 보면 애들이 내게 큰 추억을 준 여행이었다.

귀엽다는 것

이번 주말은 비가 계속 오는 바람에 아무 데도 나가지 못했다. 답답했던 우리는 백화점에라도 가서 바람을 쐬기로 했다. 자주 가는 커피숍에 앉아 있는데 주원이가 옆 테이블의 젊은 아가씨들을 보면서 뭐라고 소리를 지른다. "나 여기 있으니 나 좀 봐주세요. 왜 모른 척하는 거예요?"라고 말하는 것 같다. 자기들 얘기에 빠져 있던 아가씨 중 한 명이 주원이를 보고 말을 건넨다. 신이 난 주원이는 몸을 더 그쪽으로 움직이고 더 활발한 몸짓을 취한다.

난 민망해져 "애가 예쁜 사람을 보면 꼭 티를 내네요."라고 말했다. 그만큼 주원이는 사회성이 있다. 잘 웃고 쉽게 남에게 안겨 있다. 가끔 예외도 있다. 한번은 누군가를 보고 자지러지게 울어서 보니 외국인이다. 얼굴이 약간 검은 동남아 사람인 것 같은데 자기와 달라서 그런 모양이다. 아무 교육한 적이 없는데 본능적으로 호감을 품기도 하고 불편해하기도 하는 모양이다.

10개월을 넘어가면서 주원이는 점점 더 귀여워진다. 어제는 이발해서 더욱 말쑥해졌다. 자는 것도 귀엽고 징징거리는 것도 귀엽고 기어 다니는 모습도 귀엽다. 인지능력이 생겨서인지 사람도 구분하고 사람마다 요구사항도 다르다. 내 경우는 안아주는 사람, 자기 부모가 못하게 하는 걸 허락하는 사람, 밖에 데리고 나가는 사람으로 인식하는 것 같다. 귀여운 짓을 얼마나 많이 하는지 모른다. 주원이가 자기 엄마를 보는 표정은 예술이다. 세상에서 가장 사랑스러운 모습으로 자기 엄마를 바라본다. 앉기 싫은 아기 의자에서 꺼내줄 때 내게 짓는 표정도 볼 만하다. 기세 등등하고 의기양양하다. 넓은 거실보다는 부엌을 좋아하는데 틈만 나면 쏜살같이 기어가 서랍 문을 열고 그 안을 헤집어 놓는데 그 모습도 귀엽다. 어깨 같은 곳을 깨무는 걸 좋아하는데 조금 눈치를 본다. 인간이 이렇게 귀여울 수 있다는 사실이 놀랍다.

최근 BBC 방송을 보면서 새로운 사실을 알게 됐다. 아기의 최고 생존 수단이 바로 귀여움이라는 사실이다. 아기는 힘이 없고 자생력이 없어서 귀여움을 진화시켜 타인으로 하여금 자신을 보살필 수밖에 없게 만든다는 것이다. 자기를 종일 보살피고 붙어 있게 만든다는 것이다. 만약 아기가 귀엽지 않고 징그럽다면 생존할 수 없었을 것이다. 난 이 얘기를 들으면서 내리사랑은 있어도 치사랑은 없는 이유를 알게 됐다. 내리사랑이 가능한 이유는 그만큼 아기가 귀엽기 때문이다. 치사랑이 힘든 이유는 나이 든 사람은 귀엽지 않기 때문이다. 게다가 아기는 귀엽게 보이기 위해 열심히 노력한다. 주원이가 예쁜 표정을 짓고 잘 웃고 하는 건 다 노력이다. 그렇지 않아도 귀여운 아기가 노력까지 하니 더 귀여운 것이다. 그래서 눈에 넣어도 아프지 않다는 표현이 나온 것이다. 근데 나이 든 사람은 어떤가? 나 같은 아저씨를 사람들이 피하는 이유는 무언가? 나이 들어 귀엽지도 않은 사람이 노력은 커녕 잔소리하고 엉뚱한 소리를 해대니 기피 인물이 되는 것이다. 꼰대 소리를 듣는 것이다. 난 주원이를 보면서 늘 배운다. 존재 자체가 귀여운 아기도 더 많은 사랑을 받기 위해 저렇게 노력한다. 난 어떻게 해야 할까? 볼 것도 없다. 나이 들수록 귀여운 아저씨가 되기 위해 노력해야 한다. 오늘의 교훈이다.

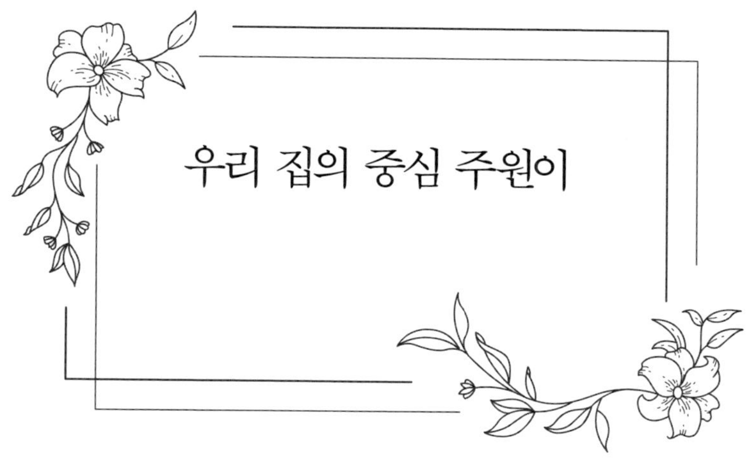

우리 집의 중심 주원이

아내가 돌아왔다. 8일간 친구들과 이탈리아 여행을 갔던 아내가 드디어 돌아왔다. 아내가 처음 여행을 간 건 아니다. 그동안도 틈틈이 며칠씩은 자리를 비웠는데 이번에는 좀 길었다. 나도 그랬지만 주원이와 주원이 엄마가 힘들었다. 제대로 먹지 못했을 것이다.

그동안 아내는 주원이와 주원이 엄마 밥을 책임지고 만들어 공급했다. 하루 종일 뚝딱대며 주원이 먹을 걸 만들면서 내게 조잘댄다. "어쩜 주원이는 뭐든 그렇게 잘 먹어요? 예뻐서 어쩔 줄 모르겠어요. 오늘은 단호박에 소고기를 갈고 거기에 버섯을 넣어서 뭘 좀 만들려고요." 내게는 한 번도 비장의 무기를 보여주지 않던 아내가 주원이를 위해서는 인터넷까지 찾아가며 뭔가를 만드는데 전혀 힘든 눈치가 아니다. 사랑은 말로 할 수 있는 게 아닌 듯싶다. 아내의 그런 모습이 사랑이란 생각이다. 그랬던 아내가 8일간 집을 비운 것이다.

예전에는 아내가 며칠 집을 비우면 그렇게 좋을 수 없었다. 그동안 못 만났던 친구도 만나고 늦게까지 술도 마시고 내 맘대로 살 수 있어 좋았다. 옷을 아무렇게나 놔두고 양말을 뒤집어 놓고 설거짓거리를 잔뜩 쌓아 놓아도 뭐라 하는 사람이 없어 좋았다. 내 맘대로 늦게 들어오고 나가도 잔소리를 듣지 않아 좋았다. 자유의 바람이 그렇게 신선할 수 없었다. 때론 내가 왜 결혼해서 이런 속박된 삶을 살아야 하는지 이해할 수 없었다.

근데 나이가 드니 그게 아니다. 자유가 싫고 구속이 좋아졌다. 그렇게 싫던 아내 잔소리가 좋아지고 안 들리면 그립다. 아내를 공항에 데려다주고 집에 들어갈 때부터 기분이 좋지 않았다. 아무도 없는 적막함이 싫었다. 텔레비전을 봐도 재미가 없었다. 아무것도 하기 싫었다. 딸들이 밥 먹으러 오라 해도 신나지 않았다. 나도 모르게 자꾸 몸이 가라앉는 것 같았다. 꼭 해야 할 일, 먹어야 할 것만 먹고는 아무것도 하지 않고 가구처럼 있었다.

그래도 주중 저녁에는 틈틈이 주원이 집에 갔다. 아내의 빈자리를 메워주기 위해서다. 딸들이 붙여준 내 별명은 "젖 없는 엄마"다. 여차하면 내가 엄마 노릇을 하기 때문이다. 아니, 해야 한다고 해서 붙여준 것 같다. 종일 공부하다 온 딸은 저녁 차릴 시간도 없고 힘도 없다. 할 수 없어 내가 간단한 먹을거리를 사서 같이 먹으며 한 시간쯤 주원이를 봐줬다. 주원이가 그렇게 좋아할 수 없다. 주말에나 보던 할아버지를 주중에 보는 게 저도 신난 모양이다. 자기 엄마랑만 있는 것보다는 다른 사람이 있으면 신나는 게 애들이다.

딸은 내가 주원이를 본다고 좋아하지만 실은 주원이가 나를 봐준 일주일이었다. 아내 없는 외로운 할아버지를 위해 웃어주고 재롱도 떨어준다. 나를 안아주고 침이 잔뜩 묻은 입으로 뽀뽀도 열심히 해준다. 돌이 지난 주원이는 잘 논다. 조금씩 걷고 있는데 그런 자신이 기특해 손뼉을 친다. 당연히 나도 쳐야 한다. 혼자 뭐라고 소리를 지른다. 톤을 달리하는데 하고 싶은 말이 많은 것 같다. 책도 보고 매달리기도 하고 장난감 버튼도 누르며 정말 잘 논다. 얼마 전까지만 해도 안아달라고 징징거렸는데 정말 애들은 하루가 다르게 변하는 것 같다.

우리 집은 주원이를 중심으로 돌아간다. 주원이가 밥 먹는 시간, 낮잠 자는 시간, 좋아하는 것을 고려해 모든 일정을 짠다. 모든 일정의 중심에 주원이가 있다. 관심 분야도 주원이다. 백화점을 가서도 슈퍼를 가서도 늘 주원이를 중심으로 물건을 산다. 걷기 시작하니까 신발을 사고 날이 추워지면 잠바를 사는 식이다.

난 원래도 변방이었는데 주원이가 태어난 이후 더 외진 변두리로 밀려났다. 아니, 거의 아내의 고려 대상조차 되지 않는다.

그래도 섭섭하지 않다. 섭섭하긴커녕 나 역시 주원이 맘에 들기 위해 고군분투한다. 어떻게 하면 주원이에게 잘 보일 수 있을까를 끊임없이 연구한다. 아내가 돌아온 날 난 내심 주원이가 아내를 못 알아봤으면 했다. 근데 아니었다. 잠시 어리둥절하던 주원이가 아내를 알아보고 반가워한다. 서로 안고 볼을 비비며 반가워한다. 할머니와 손자는 전생에 헤어진 연인이 틀림없다. 그렇지 않고서야 쿨한 아내가 결코 저럴 수가 없다.

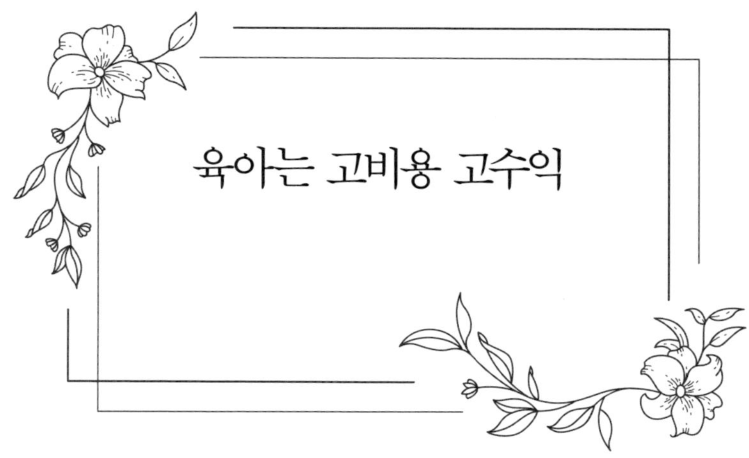

육아는 고비용 고수익

지금 생각해도 결혼 전 내 모습은 부끄럽다. 공부를 좀 하는 거 외에는 아무것도 할 줄 아는 게 없었다. 공부 좀 한다는 이유와 장남이란 이유로 난 모든 것에서 제외됐다. 가족은 내게 아무 일도 시키지 않았고 나도 아무것도 하지 않았다. 당연히 이부자리 한 번 갠 적 없고 밥 먹은 그릇 한번 개수대에 둔 적이 없다. 어릴 적에는 청소나 잔심부름 정도는 했지만 학교에 다니면서부터는 그마저도 하지 않았다. 그저 공부를 잘하는 것으로 내 모든 책임을 다했다고 생각했다. 공부만 잘하면 모든 의무에서 자유로운 것으로 착각하고 살았다. 딴에는 잘났다고 무게 잡고 다녔지만 사실 나밖에 모르는 철부지였다.

그런 무자격 상태로 결혼했고 처가에서 1년을 지내다 유학 갔는데 문제는 그때부터였다. 가뜩이나 경제적으로 정신적으로 힘든데 애까지 생긴 것이다. 참 사는 게 만만치 않았다. 아무도 도와주는 사람은 없고 돈도 없고 공부는 해야 했다. 어린 아내는 돈을 벌겠다고 가게에 나가 일했다. 나는 시간에서 비교적 자유로워 많은 시간 육아를 했다. 보통 사람에게도 육아는 힘든 일인데 평생 아무 일도 안 하고 살아온 내게 육아는 죽음이었다. 그저 먹이고 기저귀 갈고 목욕시키고 놀아주고 칭얼거리는 애를 재우는 일인데 내겐 너무 힘들었다. 게다가 큰애는 까탈스러워 잠도 잘 안 자고 자주 깼고 깨면 안아달라고 보챘다. 잠시도 나를 떠나려 하지 않는 껌딱지 같은 존재였다. 정말 답답하고 이렇게 살고 싶지 않았다. 말이 통하지 않으니 애한테 뭐라고 얘기할 수 없어 갑갑했다. 뭐든 내 마음대로 할 수 있다고 생각했는데 세상이 만만치 않다는 사실을 애를 키우면서 알게 됐다. 내 마음대로 움직이지 않는 위대한 존재가 있다는 사실을 절감했다. 인간은 신 앞에서만 겸손해지는 게 아니다. 인간은 애 앞에서 겸손해진다. 내가 그랬다. 그러면서 조금씩 성장하고 성숙했다. 애가 내 스승인 셈이다.

결혼한 지 35년이 넘었다. 살면서 가장 잘한 일이 뭐가 있을까를 생각한다. 좋은 학교를 나와 박사학위를 받고 대기업 임원을 한 것? 유명 저자가 되고 기업 강의를 다니면서 사람들에게 선한

영향력을 끼치는 것? 경제적으로도 윤택해 강남에서 중형차를 굴리며 사는 것? 높은 사람들을 많이 알아 그들과 골프 치고 밥 먹는 것? 다 나쁘지 않고 자랑스러운 일이다. 근데 가장 잘한 일은 홈 스위트 홈을 만들었다는 사실이다. 내겐 그게 가장 잘한 일이고 자랑스럽다.

가끔 혼자 그런 생각을 해본다. 만약 내가 결혼하지 않았다면 어땠을까? 결혼은 했어도 자식을 낳지 않았다면 어땠을까? 결혼하고 애를 낳았어도 그들과 사이가 나빠 소 닭 보듯이 했다면 어땠을까? 혼자 벌어서 혼자 쓰면 부자가 됐을까? 잔소리하는 사람, 책임질 가족이 없어 자유로웠을까? 그래서 난 행복했을까? 전혀 행복하지 않았을 것이라고 장담할 수 있다. 아내가 없을 때 내 행동으로 미루어보면 난 틀림없이 게으르고 더럽고 추한 독거 노인이 됐을 것이다. 생전 청소도 안 하고 라면만 끓여 먹고 운동도 안 해 살이 뒤룩뒤룩 찐 욕심 사나운 아저씨가 됐을 것이다.

난 가족 덕분에 그나마 사람 구실을 하게 된 것 같다. 아내의 잔소리와 자식들 눈치가 나를 성장시켰다는 생각이다. 내 평생 가장 잘한 일은 좋은 여자와 결혼하고 예쁜 딸 둘을 낳아 잘 키운 것이다. 그 딸들이 결혼해 가정을 꾸리고 또 자기 자식을 낳은 것이다. 애를 키우는 일은 정말 비용이 많이 들고 힘든 일이다. 경제적으론 투자 대비 효과가 떨어지는 일이다. 그래서 요즘 사람들은 결혼도 하지 않고 애도 낳지 않는다. 근데 그게 과연 진실일까? 육아에 경제적 가치가 없을까? 절대 그렇지 않다. 엄청난 투자가치가 있다. 경제적으론 손해인 듯 보이지만 돈으로 헤아릴 수 없는 다른 가치가 크다. 그건 자식이 없는 사람은 절대 알기 어렵다. 설명할 수도 없다. 자식이 자라면서 보여주는 기쁨은 말로 하기 어렵다. 존재 자체가 기쁨이다. 손자는 더한 것 같다. 자식도 예쁘지만 자식의 자식인 손자를 안고 노는 즐거움은 어떻게 말로 설명할 수 없다. 말의 한계를 뼈저리게 느낀다. 눈에 넣어도 아프지 않은 손자가 팔을 벌리고 안아달라고 하고 침으로 가득한 입으로 내 입을 맞출 때의 짜릿함은 말로 설명할 수 없다.

최근 내가 존경하는 홍익희 선생의 페이스북에서 다음과 같은 글을 보고 격하게 공감했다. 여러분과 공유하고 싶다. "육아는 고비용 고수익 활동이다. 아이는 경제적 가치는 없지만 정서적으로 무한한 가치를 지닌 존재다. 육아는 힘겨워도 부모는 아이 덕에 무엇과도 견줄 수 없는 초월적 경험을 한다. 부모가 아이를 키우는 게 아니라 아이를 겪으면서 비로소 부모가 된다. 부모가 아이를 키우는 게 아니다. 아이가 부모를 키우는 것이다. 어른으로 성장시키는 것이다. 유대인들은 아이를 부모의 종속물이 아니라 동등한 인격체로 대한다. 아이 옆에서 늘 아이와 눈을 맞춘다. 이

들은 하나님이 자녀를 13세 성인식 때까지 부모에게 맡겼다고 생각한다. 성인식 때 하나님께 돌려드려야 한다고 생각한다. 성인식을 치르고 나면 비로소 자녀 교육의 책임에서 벗어나고 그 뒤의 인생에 대한 책임은 본인과 하나님에게 있다고 생각한다. 아이를 인격체로 보느냐, 부모의 종속물로 보느냐는 중요한 차이다."

맞는 말이다. 우리가 애를 키우는 게 아니고 애가 우리를 키우는 것이다. 그런 면에서 애는 어른의 스승이다.

음수사원

생각할수록 손자와 논다는 사실이 경이롭다. 놀랍고 신기한 일이다. 아무나 할 수 없는 일이다. 손자와 놀기 위해서 어떤 과정이 필요할까? 일단 사랑하는 누군가를 만나야 한다. 남자는 여자를 만나야 하고, 여자는 남자를 만나야 한다. 좋을 호好는 그런 의미를 지닌 한자다.

근데 아무나 만나면 안 된다. 아무나 만나면 인생은 엉망진창이 된다. 괜찮은 배우자를 만나야 한다. 좋은 배우자를 만난다는 건 큰 축복이다. 좋은 배우자는 세상을 새로운 눈으로 보게 해준다. 원석을 갈고닦아 다이아몬드로 만들어준다. 잠들었던 영혼의 눈을 뜨게 해준다. 근데 이게 쉬운 일이 아니다. 세상에는 배우자를 못 만난 사람으로 차고 넘친다. 이들은 불우하다. 불우不遇는 아닐 불, 만날 우인데 만나지 못했다는 뜻이다. 짝을 만나지 못한 걸 불우하고 불쌍한 걸로 생각한 것이다. 물론 늘 그런 건 아니다. 오히려 짝이 있어 불행한 사람이 짝이 없어 불행한 사람보다 많다.

짝을 만난 다음은 자식을 낳아야 한다. 자식을 낳을 수 있어야 한다. 이 또한 만만한 일이 아니다. 애는 원한다고 주어지는 게 아니다. 애는 하늘이 주는 것이다. 요즘은 애가 생기지 않는 사람들이 참 많다. 이들을 보면 안타깝다. 애를 갖고 싶은데 생기지 않으니 얼마나 속이 타겠는가? 건강한 애를 갖는 것 역시 축복이다. 그래서 사람들이 첫애를 낳으면 가장 먼저 손가락과 발가락 숫자를 세곤 했던 것이다.

애는 낳는다고 끝이 아니다. 낳은 다음이 더 중요하다. 애들이 밝고 건강하게 잘 자라야 한다. 학교도 제대로 가고 다른 애들과도 잘 사귀고 공부도 웬만큼 해서 자기 역할도 해야 한다. 이 역시 쉬운 일이 아니다. 요즘 애 키우는 건 돈도 많이 들지만 유혹이 많아 다른 길로 가기 쉽다. 가출하는 아이, 자살하는 아이, 부모 속을 엄청나게 썩이는 아이 등등. 애가 제대로 건강하게 사회인으로 성장한다는 것은 큰 축복이다.

그다음은 성장한 내 애들이 좋은 짝을 찾아야 한다. 결혼에 대한 의지도 필요하다. 요즘은 결혼에 회의적인 사람이 늘고 있다. 사회적 트렌드도 이유지만 가장 큰 이유 중 하나는 부모 때문이 아닐까? 자기 부모가 사는 걸 보니까 결혼생활이 별로 행복하지 않고 자기까지 저런 생활을 하고 싶지 않은 건 아닐까? 설혹 결혼에 대한 의지가 있다고 해도 자기 맘에 꼭 드는 배우자를 만날 확률은 높지 않다. 결혼은 의지만으로 되지 않는다. 운도 따라야 한다. 인연이 닿아야 하는데 이 역시 쉬운 일이 아니다. 괜찮은 배우자감은 차고도 넘친다. 근데 왜 결혼으로 골인을 못 하는 것일까? 내 눈에 좋은 사람은 다른 사람 눈에도 좋은데 그 사람 눈에 내가 부족하기 때문일 수 있다. 반대로 난 별로라고 생각하는 사람은 내가 좋다고 한다. 그렇다면 괜찮은 배우자를 만나고 결혼까지 가기 위해 가장 필요한 게 무얼까? 나 자신이 괜찮은 사람이 되어야 한다.

어느 날 주원이와 놀다 문득 '음수사원飮水思源'이란 중국 격언이 떠올랐다. 물을 마실 때 그 물이 어디서 왔는지 생각하고 감사하란 말이다. 늘 뭐든 당연하게 생각하는 우리에게 경종을 울리는 말이다. 사소한 물조차 마시면서 그런 생각을 해야 하는데 하물며 사람은 어떨까? 나란 존재는 어디서 왔을까? 많은 사람의 사랑과 노력 덕분에 존재할 수 있었을 것이다. 내 자식 또한 그러하고 내 자식의 자식도 그럴 것이다. 내 자식뿐 아니라 남의 자식도 그러하다. 만약 그런 너그러운 마음으로 세상을 산다면 세상은 어떻게 변할까? 혼자 별생각을 다 한다.

인생의 절정기

　주말에 딸 부부와 주원이가 온다는 연락을 받고 아내가 부지런이 움직인다. 안 온 적이 거의 없지만 이번에는 좀 다르다. 셋 다 컨디션이 별로다. 주원이가 감기 기운이 있어 내내 콧물을 흘리다 급기야 중이염으로 발전했다. 딸은 주원이에게 감기가 옮아 빌빌거린다. 사위는 담이 들어 행동이 자유롭지 못하다. 갑자기 집에 비상이 걸렸다.

　편하게 책을 보고 있는 내게 "지금 이럴 때가 아니에요. 건넌방에 주원이 이불 펴고 이걸 치우고 이건 이렇게 해요."라고 지시가 떨어진다. 나는 하던 일을 중단하고 아내 지시에 따른다. 아내는 북엇국을 끓이고 고기를 굽고 주원이 먹을 걸 준비하느라 바쁘다. 전화를 걸어 콩나물도 주문하고 식탁을 치운다. 사실 아내도 감기 기운이 있어 약을 먹고 목이 따갑다고 했는데 언제 그랬냐는 듯 씩씩하게 움직인다. 아내가 하란 걸 한 후 부엌에서 아내를 도우면서 아내를 봤다. 눈이 반짝이고 사기가 충전해 있다. 전쟁을 앞둔 병사처럼 비장하면서도 신나 있다. 본인에게 주어진 사명을 다하기 위해 애쓰는 모습이다.

딸 둘을 다 시집보내고 나면 아내가 편할 줄 알았다. 나이 60이 넘으면 뭔가 주말에 우리만의 우아한 시간을 가질 걸로 생각했다. 근데 그렇지 않다. 착각도 그런 착각이 없다. 주변에 여유롭게 사는 집들이 제법 있다. 명절 때마다 해외로 놀러 다니고 돌볼 사람도 거의 없어 손에 물 한 방울 안 묻히는 사람도 있다. 정말 팔자가 늘어진 사람들이다. 그 반대편에 내 아내가 있다. 그렇지 않아도 바빴는데 딸들 결혼시킨 후 더 바빠졌다. 주원이가 태어나면서 기존에 힘든 건 게임이 되지 않았다. 아내가 가장 많이 신경을 쓰는 건 주원이 먹거리다. 무얼 먹여야 좋을지를 가장 많이 생각하고 준비한다.

아내는 다섯 집의 살림을 하고 있다. 혼자 사는 장모님과 어머님을 돌본다. 혼자 사는 어머님을 위해 틈틈이 장을 봐서 드리고 음식을 해다가 나른다. 어머님은 아내가 끓여주는 미역국이 제일 맛있단다. 주기적으로 미역국과 반찬을 엄청나게 해서 어머님과 장모님께 갖다 드린다. 딸 둘의 살림도 아내가 하는 셈이다.

주말마다 오는 딸들을 위해서 먹을 걸 준비한다. 과일도 사다 나눠주고 생선도 조리고 불고깃거리도 미리 만들어 놓는다. 김장도 많이 해서 여러 집에 나눠준다. 난 뒤치다꺼리와 배송 담당이다. 아내는 손목이 약해 부엌일을 많이 하면 안 되는데 손목을 쓰지 않을 도리가 없다. 내가 할 수 있는 일은 파스를 붙여주고 손목과 어깨를 주물러 주는 것이다.

무엇보다 아내가 가장 시간을 많이 쓰는 건 주원이를 봐주는 일이다. 매일 저녁 앞에 사는 딸네 집에 출장 가서 두 시간씩 애를 봐주다 온다. 이기적인 난 힘들다는 이유로 텔레비전을 보다가 꾸벅꾸벅 존다. 아내가 돌아올 때면 비몽사몽이다. 날이 갈수록 집안에서 아내 비중은 커지고 내 비중은 작아진다. 내가 없는 건 별 지장이 없다. 하지만 아내가 며칠 집을 비우면 우리 집은 그야말로 가동 중단이다. 아무 일도 일어나지 않고 아무것도 하지 않는다. 아니, 아무것도 하고 싶어 하지 않는다. 나도 그렇고 아이들도 그렇다. 아내가 올 때까지 아무것도 안 하면서 아내가 올 날만 계산한다. 모두 아내를 필요로 한다. 그냥 필요로 하는 게 아니라 너무너무 필요로 한다. 아내는 그런 존재다. 나도, 우리 애들도, 어머님도 장모님도, 심지어 처남들도 무슨 일만 생기면 아내에게 전화한다. 양쪽 집안의 기둥이자 중앙통제실인 셈이다.

삶에서 절정기란 어떤 때일까? 절정기는 어떤 의미일까? 돈을 많이 벌 때, 가장 건강할 때, 가장 바쁘고 잘나갈 때? 내가 생각하는 인생 절정기의 정의는 "가장 많은 사람이 나를 필요로 하는 때"다. 여기저기서 나를 필요로 하고 내가 잠시라도 없으면 빈 구멍이 숭숭 날 때가 전성기다. 그렇다면 쇠퇴기는 언제일까? 나를 필요로 하는 사람들 숫자가 줄어드는 때다. 내가 없어도 세상이 잘 돌아갈 때다. 그런 면에서 아내는 지금 인생의 절정기를 보내고 있고 당분간 절정기는 계속될 듯싶다. 아마 주원이가 중학교에 들어가면 조금 한가해지려나.

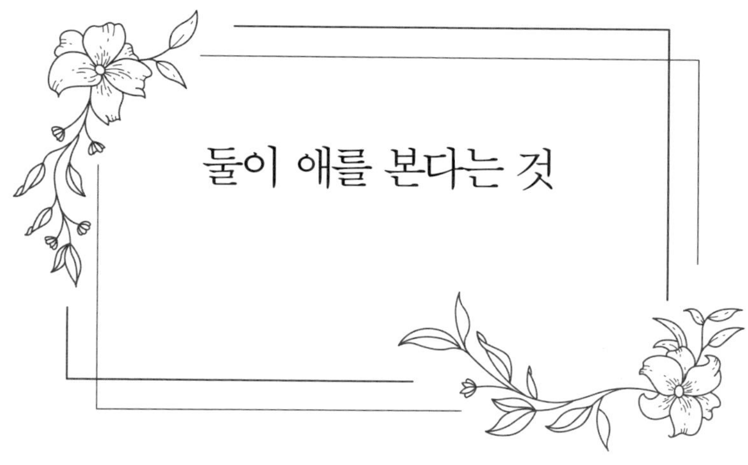

둘이 애를 본다는 것

육아에 시달리는 딸과 사위가 처음으로 주원이를 떼어놓고 잠시 여행을 갔다. 당연히 아내와 나와 둘째 지연이가 주원이를 봐야 한다. 주원이는 해피 보이happy boy라 거의 징징거리지 않는다. 귀여운 짓도 얼마나 많이 하는지 모른다. "주원 왕자님은 누구?" 하면 자신을 가리킨다. "주원 선생님은 누구?" 해도 역시 자기 몸을 친다. 근데 "주원 아기는 누구?" 하면 다른 곳을 가리킨다. 신나면 엉덩이를 들썩이고 혼자 뭐라고 흥얼거리며 노래를 부르기도 한다. 화난 표정을 하라고 하면 숨을 씩씩거린다. 무엇보다 주원이는 책 읽어주는 걸 좋아한다. 그중에서도 최숙희 작가의 『괜찮아요』란 책을 좋아한다. 대충 이런 내용이다. "타조는 날지 못해요. 그래도 괜찮아요. 빨리 뛸 수 있으니까. 기린은 커요. 그래도 괜찮아요. 높은 곳에 닿으니까. 맨 마지막은 나도 괜찮아요. 난 크게 웃을 수 있으니까." 근데 마지막 부분을 읽은 후 크게 웃어야만 한다. 그 순간을 주원이는 아주 좋아한다.

낮엔 잘 놀던 주원이에게 밤에 문제가 생겼다. 주원이 자는 방에서 우는 소리가 들려 가보니 12시가 좀 지난 시간이다. 서럽게 우는데 아무리 안아주고 달래도 그칠 기미가 보이지 않는다. 누군가를 찾는 것 같은데 엄마의 부재 때문인 것 같다. 매일 있던 엄마가 보이지 않아 그런 것 같다. 한 시간은 그랬다. 간신히 아내와 내가 교대로 안아주고 갖은소리를 다 해 진정시켰다. 문득 옛날 생각이 났다. 유학생 신분에 애 둘 키우기가 어려워 둘째를 한국의 처가에 보내고 나머지 유학 생활을 마무리하고 귀국했다. 1년 반쯤 지난 시점이니 딱 지금의 주원이만 할 때다. 둘째가 밤에 일어나 갑자기 울면서 할머니를 찾았다. 아무리 달래도 달랠 수가 없어 며칠을 고생했다.

주원이는 더할 수 없이 예쁘지만 주원이와 종일 있는 건 정말 힘들다. 잠시도 가만 있지를 않고 늘 무언가를 요구한다. 눈을 떼지 못하게 만든다. 조용하다 싶으면 뭔가 사고를 치는 중이다. 혼자 애를 보면 샤워는커녕 화장실도 제대로 가지 못하는 아기 엄마를 이해할 수 있다. 막내 지연이가 같이 있었기에 망정이지 그렇지 않았다면 나와 아내는 훨씬 힘들었을 것이다. 나는 안아서 재우고 잠은 아내가 같이 잤다. 자기 방이 아니라 그런지 자꾸 깨거나 찡 소리를 하는데 그때마다 누군가가 애를 토닥여야 한다. 첫날과 달리 둘째 날에는 많이 울지 않았다. 둘째는 주원이 밥을 먹이고 아내는 식사를 준비하고 나는 청소를 하는 식으로 한다. 하지만 애 하나 커버하기가 쉽지 않다. 내가 잠시 점심 약속이 있어 다녀오니 주원이는 자고 딸과 아내는 파김치가 되어 있다.

내일 출근하는 딸을 자기 집에 보내고 아내와 잠시 외출하려는데 외출하는 것도 보통 일이 아니다. 애 옷 입히고 먹을 것과 기저귀와 물을 챙겨 나왔다. 그런데 나가다 보니 애 신발을 안 갖고 왔다. 이제는 무거워 계속 안고 다니는 건 불가능하다. 할 수 없이 신발을 하나 샀다. 식당에 가서도 음식이 나오기 전에 아내가 애를 먼저 먹이고 난 보조 역할을 한다. 식사를 하지만 이건 밥을 먹는 게 아니다. 아내와 한마디도 얘기를 나눌 수가 없다.

식사 후 잠시 걷는데 이내 자기를 안으라고 요구한다. 의사 표현이 명확하다. 아내가 내 옷과 애 가방을 들고 나는 주원이를 안았다. 원래 계획은 쇼핑도 하고 필요한 걸 몇 가지 사려고 했는데 포기했다. 자기도 힘들었는지 졸려 한다. 우리 부부는 아주 긴장했다. 지금 주원이가 자면 모든 계획이 수포가 된다. 가서 목욕시키고 8시 반쯤 애를 재우는 게 오늘의 목표이다. 지금 자면 리듬이 엉킨다.

　서둘러 집에 왔다. 난 곧바로 목욕물을 받고 주원이와 목욕탕에서 논다. 30분 정도 충분히 시간을 보내야 한다. 충분히 놀아야 숙면을 하기 때문이다. 목욕을 끝낸 주원이는 기분이 너무 좋다. 책을 읽어달라고 요구한다. 책을 읽는 틈틈이 다양한 요구사항이 있다. 확실한 건 잠시도 우리를 가만 놔두지 않는다는 것이다. 이 시간이면 느긋하게 텔레비전을 보는 시간이지만 시청 불가다. 아무것도 할 수 없다. 주원이가 좋아하는 어흥이를 입에 문다. 졸린다는 신호다. 조금 졸린 기색이 보여 아내와 함께 조명을 끄고 재우러 들어간다. 눈치가 빠끔한 주원이가 격하게 반항한다. 자기 싫다는 것이다. 내가 주원이를 안고 다른 방으로 가 등을 두드려 주자 조금씩 조용해진다. 하지만 중간에 번쩍 눈을 뜨고 나를 본다. 아직 잠이 들지 않았으니 내려놓을 생각은 접으라는 경고다. 두세 번 이런 일을 반복하고 이내 깊은 잠에 빠졌다. 애를 내려놓은 나 역시 바로 깊은 잠이 빠져들었다.

　새벽에 주원이 옆에 잠시 누워본다. 그렇게 예쁠 수 없다. 눈에 넣어도 안 아픈 손자지만 난 잘 때가 제일 예쁘다. 주원이가 깨어나면 그때부터 내 자유가 사라진다. 외로운 자유를 택할 것인가, 아니면 충만하지만 힘든 육아를 택할 것인가? 그게 문제로다.

극한직업

　지난주 금요일부터 오늘까지 다섯 밤을 자고 주원이가 자기 집으로 돌아갔다. 주원이 방을 정리하면서 나도 모르게 미소를 짓는다. 주원이를 재우던 생각이 났기 때문이다. 주원이는 놀 때도 귀엽지만 잘 때가 제일 예쁘다. 아내와 둘이 며칠 애를 볼 때 내 역할은 확실하다. 목욕시키는 것과 재우는 것이다. 목욕시키는 건 하나도 힘들지 않다. 탕에 물을 받아놓고 같이 놀면 된다. 목욕탕에선 알아서 잘 놀고 나를 필요로 하지 않는다. 20분쯤 놀고 난 후 비누칠해주고 씻겨주면 된다. 애로사항이 하나 있긴 하다. 주원이가 자꾸 치약을 요구하는 것이다. 칫솔에 치약을 묻혀주면 이는 닦지 않고 치약만 빨아먹고 내게 자꾸 치약을 묻히라고 요구한다. 서너 번은 반복해야 목욕이 끝난다.

그보다 고난도 역할은 주원이를 재우는 일이다. 주원이는 잠은 잘 자는데 자러 들어가는 건 싫어한다. 졸려 눈을 비벼도 자기를 재우러 방에 들어가는 걸 눈치 치면 격렬하게 저항한다. 자기는 더 놀고 싶은데 왜 벌써 자야만 하냐고 반항하는 것 같다. 떼도 쓰고 걸어서 밖으로도 나가고 할 수 있는 모든 수단을 마련한다. 하지만 나 역시 만만하게 물러나지 않는다. 일단 주원이가 가장 좋아하는 어흥이를 준비한다. 주원이는 어흥이 꼬리를 입에 물고 이부자리를 헤매고 다닌다. 처음엔 앙탈을 부리고, 여기저기 뒹굴기도 하고, 컨디션이 안 좋을 때는 안으라고 주문도 한다. 하루는 안아서 재웠고 다른 날은 들어와 같이 누웠는데 스르르 잠이 들었다.

그렇게 예쁜 주원이지만 사실 주원이랑 노는 건 너무너무 힘이 든다. 어제는 아침 6시 반에 일어나 내 방으로 왔다. 한 시간은 지나야 밥시간이라 내가 조금 놀아주어야 했다. 사실 새벽 시간은 내겐 글을 써야 하는 정말 소중한 시간이지만 주원이 앞에서 그런 말을 할 수는 없다. 내 방에 들어온 주원이는 신났다. 컴퓨터 자판을 마구 두드린다. 이어 오디오를 만지고 필통을 꺼내다 뒤집어 놓는다. 뭔가를 계속 요구하는데 잠시도 눈을 뗄 수가 없다. 가끔 안아야 하고 책상 위에 올렸다 내렸다 해야 한다. 주원이가 좋아하는 책도 읽어주어야 한다. 한 번으로 끝나지 않는다. 같은 책을 반복해서 읽어야 하고 때로는 책을 바꿔가며 읽어야 한다. 난 정말 주원이 생각이 궁금하다. 책 내용을 알고 있을까? 무슨 재미가 있을까? 그렇지 않다면 왜 자꾸 책을 읽으라고 하는 것일까? 혹시 나를 괴롭히는 게 재미있나?

어찌 됐건 주원이와 한 시간 남짓 놀아주자 피곤이 엄습한다. 별로 한 일도 없는데 그렇게 피곤할 수 없다. 주원이를 보면서 아기 엄마들에게 측은지심이 생긴다. 잠시 보는 나도 이런데 종일 애한테 시달리는 아기 엄마들은 어떨까? 애를 보면서 직장생활까지 하는 엄마들의 삶은 어떨까?

내가 좋아하는 텔레비전 프로 중 하나는 「극한직업」이다. 힘든 직업을 소개하는 프로인데 여름에 제철소에서 일하는 노동자와 불을 끄는 소방관 등이 등장한다. 내가 생각하는 최고의 극한직업은 베이비시터다. 종일 애 보는 일이다. 아기하고 종일 붙어 있는 일이다. 난 이번 3박 4일 동안 아내와 애를 보면서 이를 간접 체험했다. 세상에서 가장 가치 있는 일 중 하나는 애를 낳아 잘 키우는 일이다. 재미있고 보람도 있지만 엄청 힘든 일이다. 아기 엄마들은 힘들어 죽겠다고 하고 노인들은 외로워 죽겠다고 한다. 해결 방법이 하나 있다. 외로운 노인들이 틈틈이 애를 봐주는 것이다. 그럼 외로운 노인 문제도 해결되고 힘든 아기 엄마 문제도 해결될 것이다.

아름다운 인생

요즘 참 좋다. 친한 친구들이 퇴직해서 같이 놀 수 있어 좋다. 친한 친구지만 같이 여행을 가지도 못했고 무언가 같이해본 기억이 별로 없다. 가끔 함께 골프를 치는 것이 큰 호사였다. 친구들이 퇴직한 후 함께 놀러 다닌다. 연초에는 부부 동반으로 일본 여행을 갔고 얼마 전에는 삼척으로 놀러 갔다. 주원이네도 마침 같은 동네로 놀러 왔는데 따로 다니다 아침 식사를 같이하기로 했다. 근데 커뮤니케이션 잘못으로 한 친구 부부와 주원이네만 같이 식사하게 됐고 나를 비롯한 나머지 친구들은 딴 데서 식사했다.

식사 후 다 같이 모였는데 주원이네와 같이 식사한 친구 부인이 얼굴이 훤해서 들어왔다. 주원이와 찍은 사진을 보여주면서 싱글벙글한 표정으로 얘기한다. "오늘 아침 주원이 덕분에 정말 호사를 누렸어요. 처음 봤는데도 그렇게 귀여울 수가 없어요. 엄마 등 뒤에서 까꿍 하면서 놀고 제게도 안기고 같이 사진도 찍고. 정말 천국에서 놀다 온 기분이에요. 우리 부부가 주원이를 독차지할 수 있어 너무 좋았어요. 또 보고 싶을 것 같아요. 어쩌지요?" 짧은 시간에 주원이는 친구 부부의 마음을 빼앗았다.

어제는 일정이 많아 힘든 하루였다. 새벽에 판교에 있는 회사에서 강연하고 서울로 돌아와 상하이에서 일하는 지인을 만나 점심을 하고 오후에는 다시 평택에서 코칭을 했다. 파김치가 되어 귀가했는데 주원이 소리가 들린다. 주원이네 아파트에 물이 나오지 않아 이모님이 주원이를 데리고 집에 올 수 있다고 했던 아내 말이 떠올랐다. 너무 반가웠다. 내가 나타나자 주원이가 반색한다. 예상치 못한 할아버지 등장에 입을 반쯤 벌리고 쑥스럽지만 기쁜 모습으로 나를 맞는다. 그대로 내게 달려와 안기는 바람에 가방을 맨 채 안았다. 둘이 볼을 비비고 주원이는 침이 잔뜩 묻은 입으로 내게 입을 맞춘다. 세상에 이게 웬 횡재냐!

이어 아내가 돌아왔고 난 주원이와 목욕을 하기로 했다. 어차피 주원이 목욕도 시켜야 하고 나도 샤워해야 하니까 잘된 일이다. 주원이가 집에 오면 주원이 목욕은 내 담당이다. 우리 집의 오래된 전통이다. 애들은 물을 좋아하고 나 역시 애들과 목욕하는 걸 좋아한다. 탕 안에 들어가면 주원이는 나름의 리추얼이 있다. 우선 칫솔에 치약을 묻힌다. 내 목표는 주원이 이를 닦는 것이고 주원이 목표는 치약을 먹는 것이다. 서너 번은 주어야 행사가 끝난다. 다음은 샴푸로 머리를 감는다. 주원이는 계속 샴푸를 줄 것을 요구한다. 거품으로 만든 샴푸인데 이것도 몇 번은 해야 끝난다. 수도꼭지를 내렸다 올렸다 하고 장난감 동물들을 갖고 놀기도 한다. 대충 20분 정도 하는 것 같다. 주원이와 목욕탕에서 놀다 보면 피곤이 확 풀린다.

저녁때 학교에 갔던 딸이 돌아오자 주원이가 엄청나게 반긴다. 아내는 요즘 컨디션이 안 좋은 딸을 쉬게 하려고 나보고 주원이 밥을 먹이란다. 나는 대충 밥을 먹으면서 주원이 밥을 먹인다. 얼마나 잘 먹는지 모른다. 주원이는 한 번도 먹는 걸 마다한 적이 없다. 아내가 설거지하는 동안 난 주원이를 데리고 내 서재에 들어간다. 주원이가 가장 좋아하는 곳이다. 갖고 놀 것이 많기 때문이다. 요즘 내 서재 창 앞에는 벚꽃이 활짝 피워 마치 무릉도원 같다. 책상에서 이것저것 만지던 주원이가 창문을 열고 숨을 크게 쉬는 흉내를 낸다. 요즘 새로 생긴 주특기 중 하나다. 안전하게 주원이를 뒤에서 안고 주원이는 바깥바람을 즐긴다.

그때 내가 좋아하는 이문세의 「그때 내가 미처 하지 못했던 말」이란 노래가 나온다. "네 마음이 흐르는 곳에 진실이 닿는 그곳에 내가 먼저 있을게. 내 사랑이 닿는 그곳에 두 눈이 머무는 곳에 항상 내가 있을게." 가사가 가슴을 흔든다. 문득 목에서 뭔가 뭉클한 것이 올라오고 눈시울이 뜨거워진다. 난 요즘 자주 감동하고 눈물이 난다. 나이가 들면서 생긴 습관이다. 행복에 겨운 시간이다. 주원이가 있다는 사실이 너무 행복하다. 내가 그를 사랑하고 있다는 사실이, 그를 안고 있다는 사실이, 그도 나를 사랑한다는 사실이 너무 기쁘다. 하지만 올해 말이나 내년 초에는 이런 주원이와 헤어져야 한다. 그런 사실이 슬프다.

이런 생각도 든다. 우리 주원이 앞에는 어떤 인생이 펼쳐질까? 주원이는 나를 기억할까? 만약 기억한다면 나를 어떤 할아버지로 기억할까? 내게 주원이는 등불 같은 사랑이다. 그도 나를 사랑하는 건 분명하다. 다만 주원이는 사랑을 말로 표현하지 못하고 나는 이를 글로 표현하는 것뿐이다. 아, 인생은 얼마나 아름다운가!

주원이가 가져온 변화

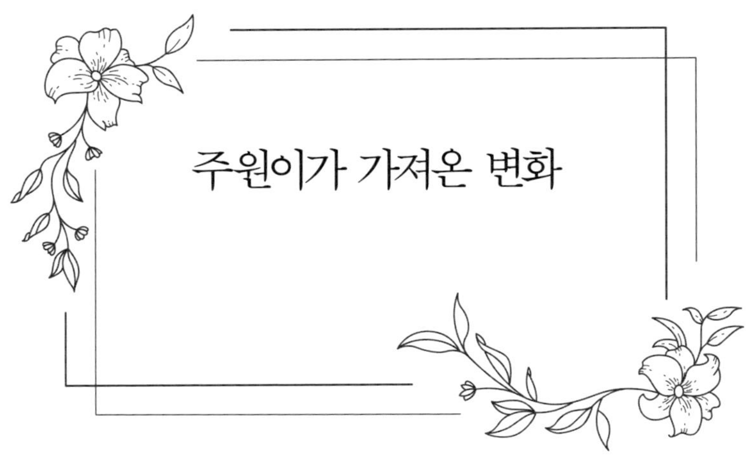

　매일 저녁 주원이 집에 가는 아내가 요즘 주원이가 조금 달라진 것 같다고 얘기한다. 예전과는 달리 자꾸 안아달라고 하고 뭔가 맘에 들지 않으면 투정을 부린다는 것이다. 헤어진다는 개념도 생긴 것 같단다. 엄마 아빠랑 헤어질 때 쿨하던 이전과 달리 헤어지는 걸 싫어하더란다. 종일 엄마와 떨어져 있다 저녁에 만나면 그동안의 아쉬움을 만회하려는 듯 딱 달라붙고 떨어지지 않으려 해서 아무것도 할 수 없게 한다고 했다. 결론은 내 도움이 필요하니 오늘 저녁에 같이 주원이네 집에 가자는 것이다. 게다가 점심을 같이하던 딸까지 넌지시 와줬으면 한다. 이 정도 되면 난 꼼짝 마라다. 아무 옵션이 없다. 저녁 시간에 나만의 호젓한 시간은 물 건너간 것이다. 요즘 난 그 시간에 조용히 역사 다큐를 즐기고 있었는데 오늘은 포기해야 할 것 같다.

약속대로 저녁 무렵 아내와 함께 주원이네 집에 갔다. 예전엔 번호를 누르고 들어갔다. 하지만 요즘 주원이가 벨 울릴 때 화면에 사람이 등장하는 것을 좋아한다 해서 벨을 누르고 손을 흔든 후 들어갔다. 처음엔 어리둥절하던 주원이가 뛸 듯이 기뻐했다. 사실은 내가 더 기뻤다. 팔을 벌리고 달려드는 주원이를 안았다. 그러자 의기양양해진 주원이가 알아들을 수 없는 소리를 내며 손으로 사방을 가리킨다. 거기로 가자는 것이다. 우선 주원이가 좋아하는 테이블로 갔다. 그 위에는 평소에 만질 수 없는 온갖 잡동사니가 있다. 이어 창가에 데려가 문을 열자 시원한 밤바람이 들어온다. 문을 열었다 닫았다 하며 놀고 또 다른 곳으로 이동했다.

갑자기 주원이가 손을 눈에 비비며 뭔가를 한다. 알고 보니 요즘 주원이가 좋아하는 노래만 나오면 자동으로 하는 댄스란다. "올라간 눈 내려간 눈 빙글빙글 돌리면 여우 눈, 올라간 코 내려간 코 빙글빙글 돌리면 돼지 코, 올라간 입 내려간 입 빙글빙글 돌리면 붕어 입, 올라간 머리 내려간 머리 빙글빙글 돌리면 도깨비 뿔" 가사도 재미나고 리듬도 신난다. 시간 흐름에 따라 주원이가 좋아하는 노래도 바뀌고 장기도 늘어난다. 자기 엄마가 춤 좀 추어보라고 하면 궁둥이를 실룩샐룩하는 모습이 얼마나 귀여운지 모른다.

　얼마 후 사위가 퇴근해서 임무가 끝난 우리 부부는 집으로 향했다. 집에 오면서도 대화 주제는 주원이다. 그렇게 놀다 왔는데 또 주원이 얘기라니. 분명 우리 부부는 정상이 아니다. 생전 그렇게 한 주제에 꽂힌 적은 없었던 것 같다. 문득 그런 생각이 들었다. 만약 내가 결혼하지 않았다면 어땠을까? 애를 낳지 않았다면 우리 부부는 어떻게 살고 있을까? 내 애들이 결혼하지 않았다면, 결혼한 애들이 애를 낳지 않았다면 우리 집은 어땠을까? 결혼하지 않았다고 무슨 일이 생기진 않았을 것이다. 그런대로 잘 살았을 것 같다. 하지만 이런 변화와 재미는 느끼지 못했을 것이다.

　요즘은 결혼하지 않는 사람도 많고 결혼하고도 애를 낳지 않는 사람이 지천이다. 그들에게 결혼을 강요할 수도 없고 애를 낳으라고 요구할 수도 없다. 또 그러고 싶지도 않다. 그만큼 시대가 변하고 애에 대한 인식이 달라졌기 때문이다. 애를 낳아 키운다는 건 정말 보통 일이 아니다. 육아는 극한직업이다. 엄청난 희생을 필요로 한다. 그럼에도 불구하고 애가 있으면 좋은 점이 많다.

　가장 큰 건 변화다. 애 덕분에 계속 변화할 수 있다. 어른들만 살면 시간이 지나도 별다른 변화가 없다. 늘 그날이 그날 같을 가능성이 크다. 근데 애는 존재 자체가 변화의 속성이 있다. 계속 성장하고 변화한다. 누워만 있던 아기가 어느 날 뒤집고 기기 시작한다. 그러다 갑자기 걸으려 하고 드디어 걷는다. 재롱이 늘고 요구하는 것도 달라진다. 유치원을 거쳐 학교에 가고 학교에 가면서 새로운 사람들을 만나게 되는데 이 모든 것이 변화다.

그 변화 중 하나는 쇼핑 항목의 추가다. 요즘 아내는 주원이 옷과 장난감 사는 데 푹 빠져 있다. 백화점에서도 늘 내게 "저거 주원이에게 어울릴 것 같지 않아요?"라며 동의를 구한다. 사고 싶다는 것이다. 며칠 전에는 동대문 시장에서 주원이 옷을 잔뜩 사서 입히고 사진을 찍어 가족 단톡방에 올렸다. 주원이 물건 고를 때 아내 표정은 비장하다. '주원이 맘에 드는 물건을 사고야 말 거야.'란 굳센 각오가 느껴진다.

나이가 들면서 아내나 나나 물건에 대한 욕심이 사라지고 있었다. 그런데 주원이 덕분에 물건에 대한 욕심이 다시 살아나고 있다. 돈 벌어서 뭐 하나란 생각도 잠시 했는데 생각이 달라졌다. 할아버지 역할을 제대로 하려면 좀 더 경제 활동을 해야겠다는 다짐도 하게 됐다. 주원이 물건을 사면서 돈을 잘 버는 것도 축복이지만 내가 번 돈을 쓸 데가 있다는 것이 더 큰 축복이란 걸 느끼게 되는 요즘이다.

아내가 예뻐졌다

이번 주말에 주원이네 집에 일이 있어 오전에 아내와 둘이 주원이를 보기로 했다. 보무도 당당하게 주원이가 집에 등장했다. 요즘은 집에 올 때 표정이 예전과는 다르다. 그저 반가운 것을 넘어서는 그 무엇이 있다. 자기 집에 비해 넓고 놀 것도 많고 여기저기 갈 곳도 많고 무엇보다 자기 마음대로 부릴 수 있는 사람이 둘이나 있다는 것이 주는 자신감이 온몸에 묻어난다.

아니나 다를까 안자마자 손으로 어딘가를 가리킨다. 주원이가 가장 좋아하는 내 서재다. 내가 가장 아끼는 내 방을 가리키며 가자는 것이다. 난 처음으로 그분의 말씀을 거역하고 나중에 가자고 했다. 일단 밖으로 나가야 했다. 날이 너무 밝아 주원이가 눈을 잘 뜨지 못했다. 가는 도중에 딸네 집에 들러 모자와 선글라스를 챙겨 스타벅스에 갔다. 이른 시간이라 입구 쪽에 자리를 잡고 주원이를 위해 토마토주스를 하나 사고 빨대를 챙겼다. 애가 난생처음 먹어보는 주스가 맛있는지 빛의 속도로 마신다.

나름 우아한 시간을 보내고 집에 오는데 갑자기 주원이가 내 앞을 막아선다. 안아달라는 것이다. 주원이에게 나와 아내는 안아주는 사람이다. 저녁마다 주원이 집에 가는 아내만 보면 주원이는 팔을 벌리고 안아달라고 요구한단다. 근데 이모님이나 자기 엄마에게는 생전 안아달라고 요구하지 않는다. 애도 눈치가 빠한 것이다. 하지만 가끔 보는 나와 아내는 자기 밥이다.

이 얘기를 들으니 예전 큰애 키울 때가 생각난다. 유학 시절 난 공부를 해야 했고 아내는 가게 일을 해야 했다. 애 봐줄 사람이 마땅치 않아 이 사람 저 사람 손을 많이 빌렸다. 미국인과 결혼한 한국 여성 집에도 보냈고 같은 유학생 집에도 보냈다. 큰애는 남의 집에서 잘 놀았지만 집에만 오면 징징대고 투정을 부렸다. 어린 것이 눈치를 보다 부모에겐 하고 싶은 대로 하는 것이다. 주원이도 그런 것이다.

난 집에서보다는 밖에서 애 보는 걸 선호한다. 좁은 곳에서 부대끼면 둘 다 힘들지만 밖으로 나오면 혼자 잘 놀기 때문이다. 미국에서도 난 늘 공원이나 쇼핑몰에 애를 데려갔다. 낮잠을 재우고 나서 오후에 주원이를 데리고 집 뒤 공터에 나왔다. 애가 집에서부터 들고 나온 구둣주걱으로 바닥을 휘젓고 다니면서 잘 논다. 저녁을 먹은 후에는 놀이터에 나왔다. 흔들흔들 타는 말이 두 마리 있는데 혼자 힘으로 올라가 잘 흔든다. 잠시 흔들다 바로 내려와 다른 말로 올라가고 또 조금 흔들다 다시 내려와 원래 말로 옮겨 탄다.

참 이상하다. 한 마리 말만 타면 될 텐데 왜 저리 말을 바꿀까? 그에게는 말을 타는 것보다는 말을 타기 위해 올라갔다 내려갔다 하는 게 더 좋은 거 아닐까? 열 번 이상 그렇게 한 것 같다. 이어 그네 타기를 시도했다. 처음엔 내가 앉고 타다 나중엔 혼자 타게 했는데 제법 잘 탄다. 중간에 뭔가 말을 하려고 한쪽 팔을 놓았다 떨어질 뻔했는데 울지 않았다. 나름 균형감각을 익히려는지 신중하게 그네를 탔다. 그네를 혼자 탄 건 오늘의 가장 큰 수확이다.

애 보는 건 극도의 인내와 에너지를 필요로 한다. 가장 힘든 건 내가 결정할 수 있는 게 아무것도 없다는 것이다. 모든 걸 그분이 결정한다. 화장실도 마음대로 가지 못하고 텔레비전도 보지 못한다. 쉬는 것도 그분이 쉬어야 쉴 수 있다. 그럼에도 불구하고 주원이가 주는 기쁨과 혜택은 말할 수 없이 많다. 가장 큰 건 기쁨이다. 그가 온다는 말만 들어도 그에 관한 얘기만 나눠도 그를 위해 옷을 사는 것도 다 기쁘다. 그와 함께 있는 건 그 자체로 사랑의 샤워, 비타민 목욕을 하는 것과 같다.

게다가 난 그분이 올 때마다 같이 옷을 벗고 목욕한다. 20분 이상 몸과 몸을 비벼댄다. 가끔 그분은 내 얼굴에 비누 거품을 묻히면서 내 얼굴을 쓰다듬는다. 신이 내 얼굴을 만져도 그런 느낌은 아닐 것이다. 아니, 신보다 우리 주원이가 만지는 사랑의 손길이 더 좋다. 세상 그 무엇보다 귀한 시간이다. 세상에 나같이 늙은 아저씨를 이렇게 사랑 가득한 눈으로 만져주는 사람이 어디 있는가?

난 기껏 일주일에 한 번 주원이를 본다. 아내는 매일 저녁 주원이를 보러 간다. 힘든데 왜 그렇게 가는지 난 이해할 수 없었다. 근데 이유가 있었다. 주원이의 사랑을 받기 위해서였다. 주원이의 사랑 덕분에 아내는 요즘 예뻐졌다는 말을 부쩍 많이 듣는다. 나도 그렇게 생각하고 본인도 그렇게 생각하는 것 같다. 육체적으론 힘이 들 텐데 왜 좋아 보일까? 이유는 주원이의 사랑 마사지 덕분이다. 그래서 아내는 매일 힘들다면서 주원이를 보러 가는 것이다.

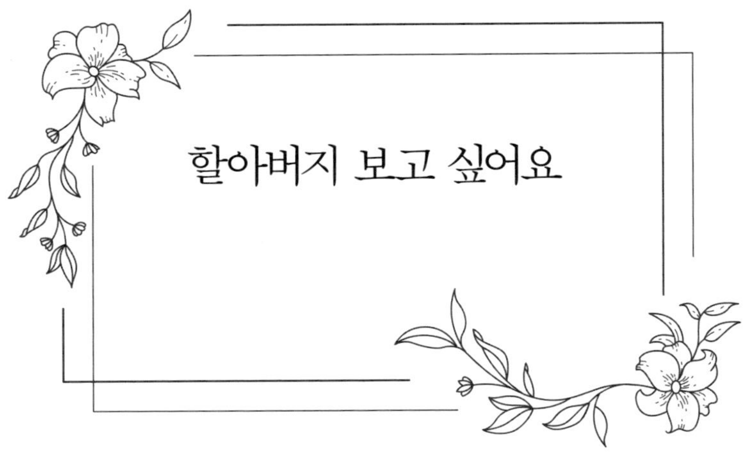

할아버지 보고 싶어요

애들도 나름의 리추얼이 있는 것 같다. 두 돌이 다 되어가는 주원이를 보면서 그런 생각을 한다. 목욕시키려고 옷을 벗기면 주원이는 잽싸게 침대 위로 올라가 큰 베개를 안고 뒹군다. 베개로 얼굴을 가리고 내가 오기를 기다린다. 내가 까꿍 하면 자지러지게 웃는다. 몇 차례 이런 과정을 거쳐야 한다. 이쪽저쪽 왔다 갔다 눈을 맞춘 후 비로소 목욕탕에 들어간다. 목욕한 후 로션을 바르고 옷을 입힐 때도 그렇다. 며칠 전에는 방바닥에서 옷을 입히려는데 침대로 올라가 우리를 본다. 나 여기서 옷을 입을 테니 올라오라는 표정이다. 할 수 없이 어른들이 침대로 올라가 옷을 입혔다. 주말마다 주원이를 보는 것도 우리 집 리추얼이다. 아내는 매일 가지만 난 주말에만 주원이를 보고 놀아주고 목욕시킨다.

지난 2주간은 여러 일이 겹쳐 주원이를 보지 못했고 이번 주말도 어디를 가야 해서 주원이를 볼 수 없게 됐다. 그런데 금요일 저녁에 영상통화를 알리는 신호음이 울린다. 내가 영상통화를 하는 사람은 주원이밖에 없다. 평소에 영상통화를 하면 주원이는 늘 비슷한 패턴이다. 처음에는 이게 뭐지? 하는 표정을 짓다 할아버지인 걸 파악한 후에는 전화기에 얼굴을 비벼댄다. 내게 뽀뽀하는 것이다. 친할수록 보고 싶을수록 뽀뽀하는 횟수가 늘어난다. 늘 그랬듯이 난 주원이에게 말을 건넸다. "주원이 잘 지냈니? 할아버지는 주원이 보고 싶었는데 주원이는 할아버지 보고 싶지 않았니? 할아버지가 이번 주도 볼 수 없는데 어떡하지? 할아버지가 요즘 일이 많네." 주원이가 멀뚱하게 나를 바라본다. 주원이는 아직 말을 못 하고 가끔 알아들을 수 없는 소리를 낼 뿐이다.

어느 정도 시간이 지난 후 끊으려고 하는데 갑자기 주원이가 무언가를 들고 와서 버튼을 누른다. 근데 거기서 "할아버지 할머니 보고 싶어요."란 소리가 난다. 한 번이 아니고 몇 차례나 그 버튼을 반복해서 누른다. 나름 자기도 할아버지가 보고 싶다는 말을 하고 싶은데 말을 못 하니 이걸로 대신 자기 의사를 알리고 싶은 것이다. 이어 무슨 노래를 틀어놓고 손뼉을 친다. 머리에 손을 올리고 재롱을 떤다. 자신이 알고 있는 모든 메뉴를 다 늘어놓는 듯했다. 그렇게 주원이와 영상통화를 끝냈다. 주원이의 이런 행동은 처음이다. 늘 나 혼자 북 치고 장구 치고 주원이는 기껏해야 전화기에 얼굴을 비비는 것이 고작이었다. 근데 이렇게 강력하게 보고 싶다는 의사를 표현한 것이다. 난 갑자기 가슴이 찡하면서 눈물이 났다. '주원이도 나를 보고 싶어 하는구나. 저 어린 것도 감정이 있구나. 말을 못 한다 뿐이지 다 나름의 생각이 있구나. 자기 생각을 알리고 싶어 하는구나.'란 생각이 들었다.

바쁜 주말을 보내고 일요일 저녁에 주원이가 집에 왔다. 늘 그렇듯 우리 집에 들어오는 주원이는 의기양양한 표정이다. 보무도 당당하게 들어온다. 할머니는 그야말로 버선발로 뛰어나가 잽싸게 주원이를 안는다. 나를 발견한 주원이가 반가운 표정으로 자기를 안으라고 명한다. 난 그 말에 순종한다. 3주 만의 해후인데 그렇게 반가울 수가 없다. 잠시 안고 그분 말씀에 따라 방안 구석구석을 돌아다녔다. 만지고 싶은 것도 마음대로 만지도록 했다. 이어 목욕하러 들어갔다. 우리만의 신성한 행사다. 리추얼이다. 요즘은 목욕도 진화해 샤워기를 들고 온 목욕탕에 뿌려야 한다. 목욕탕 휴지는 그야말로 휴지 조각이 된다. 그게 뭔 대수란 말인가. 난 아무런 제재도 하지 않는다. 치카치카를 하고 머리를 감겨준다. 요즘은 제법 말을 잘 듣는다.

목욕의 마지막 리추얼은 그분이 나를 씻겨주는 행사다. 그가

내민 손에 거품을 주면 그는 내 얼굴에 거품을 정성스럽게 바르
고 문지른다. 그렇게 지극 정성일 수 없다. 다부진 표정으로 성스
러운 예식을 하듯 꼼꼼하게 내 얼굴을 문지르고 남은 것은 자기
얼굴에 묻힌다. 목욕 행사의 하이라이트다. 난 감격에 겨워 그분
을 꽉 안는다. 나와 그는 어떤 인연일까? 얼마나 많은 인연이 겹
쳐 그와 내가 만나게 된 것일까? 또 앞으로 우리 인연은 어떻게
발전할까? 솔직히 그런 건 알 수 없지만 지금의 이 순간이 난 정
말 좋다. 내가 그를 끔찍이 좋아하고 그 역시 나를 좋아하는 것이
면 충분하다. 뭘 더 바랄 것인가.

천사가 사는 곳

　주원이는 말이 느리다. 두 돌이 다 되어가지만 할 줄 아는 말이 몇 개 되지 않는다. "엄마" "아빠"가 고작이다. 고만한 또래 아기들이 하는 "물" "맘마" "싫어" 같은 말도 하지 않았다. 말귀는 다 알아듣는다. 그런 주원이가 며칠 전부터 입이 열리는 것 같다. 얼마 전에는 자신을 끔찍이 좋아하는 이모에게 "이모"라고 불러 이모를 기절시켰다.

　나와 아내에게도 새로운 호칭이 생겼다. 할머니는 '마', 할아버지는 '빠'다. 우리 집에 들어오면서 빠라고 외친다. 엄마 아빠와 비슷하지만 다른 나름의 차별화 호칭인 것 같다. 주원이는 두 단어 중 하나만을 발음한다. 빨강은 빨, 노랑은 노, 초록은 초다. 며칠 전부터 무슨 말을 하면 그 말을 따라 하려고 입을 움직인다.

휘파람을 불면 자기도 입을 오므린다. 최근엔 할머니가 주원이에게 "할머니가 사 주는 게 뭐지?"라고 물었더니 어눌한 말투로 "주스"라고 말했다. 주스보다는 "즈스"에 가까웠다. 아내와 난 깜짝 놀라 몇 번이나 되풀이해서 물었다. 그때마다 주원이는 주스라고 답했다. 자신이 좋아하는 주스는 자신 있게 말할 수 있게 된 것이다.

최근 들어 주원이는 자기주장이 강해졌다. 뭐든 혼자 하려 한다. 예전엔 손을 잡고 계단을 오르내렸는데 요즘엔 손을 뿌리친다. 자기 맘에 들지 않으면 떼를 많이 쓴다. 저녁을 먹은 후에도 냉장고 문 앞에서 먹을 걸 달라고 난리를 치기도 한다. 또 엄마만을 찾아 딸애가 힘들어한다. 예전엔 아빠가 밥을 먹이고 잠을 재웠다. 그런데 갑자기 엄마가 모든 것을 하도록 주문한다는 것이다. 좋은 것과 싫은 것이 명확해져 자기가 싫은 건 절대 하지 않으려 한다. 예전엔 안겨 있는 걸 좋아했는데 요즘은 자꾸 뿌리친다. 자아가 형성되는 것 같다.

그 와중에도 주원이가 절대 뿌리치지 않는 게 하나 있다. 바로 목욕이다. 목욕하자고 하면 주원이는 바로 알아듣는다. 거부하는 법이 없다. 주원이 옷을 벗기자 쏜살같이 내 침대로 올라가 베개로 눈을 가리고 눕는다. 내게 오라는 거다. 그럼 난 지체 없이 침대로 뛰어올라가 그분과 놀아주어야 한다. 얼굴을 비비고 등에 입을 맞춘다. 주원이는 까꿍에 자지러진다. 매일 하는 목욕이고 베개로 눈을 가리는 게 뭐가 그리 좋을까? 몇 분의 리추얼이 끝난 후 우리는 함께 목욕하러 들어간다.

목욕에서의 관심 사항도 계속 변한다. 처음엔 치약을 그렇게 먹더니 요즘은 샴푸 뚜껑을 열어 내게 자꾸 준다. 몇 번은 그래야 한다. 내가 됐다고 하면 자기도 됐다고 복창한다. 책을 아주 좋아하는 주원이는 목욕탕에서도 예외가 없다. 동물인형 목욕책 세트 『첨벙첨벙, 물놀이가 좋아!』란 물에 젖지 않는 책이 있다. 어느 정도 목욕이 끝나면 이 책을 내게 주고 읽으라면서 내 무릎에 앉는다. 그 책에는 오리, 돌고래, 거북이 등이 나오고 "첨벙첨벙, 물놀이가 좋아!"란 대목이 있다. 내가 이 책을 읽으면 주원이는 발로 물장구를 치면서 좋아한다. 나도 물장구를 같이 쳐야 한다.

우리 집은 주원이 탄생 전과 후로 나눌 수 있다. 그만큼 변화가 크다. 마치 예수님의 탄생을 전후해 기원전과 기원후로 나누는 것과 같다. 모든 생활의 중심에 주원이가 있다. 모든 게 주원이를 중심으로 움직이고 결정된다. 어제는 그런 주원이가 두 돌이라 가족끼리 외식했다. 분주하긴 하지만 제법 점잖다. 의젓하게 초까지 불어 줬다. 식사하면서 난 스스로에게 "만약 천국이 있다면 어떤 모습을 하고 있을까?"란 질문을 했다. 좋은 경치, 맛난 음식, 좋은 사람 다 필요하다. 근데 반드시 있어야 할 것이 하나 있다.

바로 천사다. 천사가 없는 천국은 상상할 수 없다. 천사가 없는 천국은 천국이 아니다. 그런 면에서 천사와 늘 함께하는 난 천국에 사는 것과 같다. 난 천국에 산다.

가족여행

뜻하지 않게 온 가족이 일본 여행을 가게 됐다. 발단은 주원이 부모가 일본 여행을 가기로 한 것이다. 애도 어느 정도 컸고 바람도 쐬고 싶은데 멀리 가는 건 힘드니까 가까운 일본에 며칠 다녀오고 싶었던 것 같다. 이를 들은 아내는 걱정이 앞섰다. 애를 데리고 어떻게 여행을 가느냐, 가서 구경이나 제대로 하겠느냐, 우리 부부가 쫓아가 애라도 봐주어야 하지 않겠느냐며 내 의견을 물었다. 난 늘 그렇듯 예스를 했다. 나중에 이를 들은 둘째까지 자기도 가겠다고 나서면서 결국 모두 가기로 했다. 한 부부만 가기로 했던 것에서 온 가족으로 범위가 확대된 것이다.

여행을 가보면 그 사람을 알 수 있다는 말이 있다. 이 말은 아기한테도 해당하는 것 같다. 이번 여행을 통해 난 주원이의 새로운 면을 발견했다. 주원이는 컴컴한 곳을 싫어한다. 사실 이번 여행의 주목적은 온천이다. 평소 나와 목욕하는 걸 좋아해서 난 당연히 주원이가 온천을 좋아할 줄 알았다. 근데 그게 아니었다. 저녁 무렵 사위와 주원이랑 온천에 들어갔는데 주원이가 들어가는 순간부터 울기 시작했다. 그냥 우는 게 아니라 거의 통곡 수준이었다. 처음엔 어떻게 물에 좀 들어가 보려고 했는데 뜨겁기도 하고 방법이 없었다. 사태가 도저히 걷잡을 수 없었다.

할 수 없이 내가 애를 데리고 나왔다. 아이가 계속 우니까 내가 패닉 상태에 빠져 출구까지 찾질 못했다. 간신히 애를 데리고 나왔는데 밖에 있던 아내가 나를 보고 깜짝 놀란다. 혼비백산이란 말이 무슨 말인지 제대로 실감했다. 나중에 딸애한테 그 얘기를 했더니 물을 싫어하는 게 아니라 어두운 곳을 싫어하는 것이란다. 조명이 어두웠던 호텔 결혼식장에서도 그렇게 울어 결혼식은 보지 못하고 밖에 서 있었단다. 그 말은 사실이었다. 다음 날 낮에 풀장처럼 생긴 온천에서 놀았는데 그렇게 잘 놀 수가 없다. 물을 싫어하는 게 아니라 어둠을 싫어했던 것이다.

주원이가 노래를 좋아한다는 사실도 이번에 새삼 알았다. 가끔 내가 클래식 음악을 틀어주면 유심히 들었다. 어린 것이 내 품에 안겨 조용히 음악을 듣는 모습이 신기하다고 생각했다. 이번 여행 중 묵었던 호텔에서 저녁을 두 번 먹었는데 그때마다 외국인들 서너 명이 바이올린을 켜고 노래를 불렀다. 처음에는 2층에서 부르다 잠시 후 내려와 테이블마다 다니며 공연했다. 주원이가 넋을 놓고 그 광경을 보는 것이다. 끝날 때마다 사람들이 손뼉을 치는데 주원이도 그렇게 열성적으로 손뼉을 칠 수가 없다. 주원이는 흥이 많다. 좋아하는 노래가 나오면 엉덩이를 들썩이며 춤을 춘다. 최근에는 "하하하하 할아버지, 호호호호 할머니, 어디 가요? 어디 가세요? 시장 가요. 시장에 가요. 콩나물 사러"란 노래를 좋아한다. 그 노래가 나오면 시장에 가는 흉내를 내면서 춤을 추는데 얼마나 귀여운지 모른다.

여행을 다녀온 후 주원이의 입이 터졌다. 사실 두 돌이 지날 때까지도 거의 말을 못 해 내심 답답했다. 어른들 여럿과 며칠 같이 지내면서 자기도 모르게 말이 는 것 같다. 일단 호칭이 훨씬 정확해졌다. 할아버지는 빠에서 하바비로, 할머니는 마에서 하마미로 변했다. 이모부는 부에서 이모부로 발전했다. 그뿐이 아니다. 웬만한 단어는 다 따라 한다. 아직 발음은 정확하지 않지만 비슷하다. 특히 자기가 좋아하는 책이나 발바닥 같은 단어는 대부분 따라 한다. 아내가 "아, 참!"이라고 하면 자기도 "아, 참!"이라고 한다. 요즘 제일 좋아하는 건 생일 때 촛불을 켜고 노래를 부른 후 초에 바람을 불어서 끄는 것이다. 적어도 열 번은 초를 켜고 노래를 부르고 초에 바람을 불어서 꺼야 그 일이 끝난다.

어른들은 오랜만에 봐도 별 변화가 없는데 애들은 매일이 새롭다. 어제의 주원이와 오늘의 주원이가 다르다. 일주일 만에 보면 부쩍 자랐다는 걸 바로 느낄 수 있다. 오늘 주원이와 놀면서 미래를 생각해 본다. 1년 후 주원이는 어떻게 변할까? 10년 후 주원이는 어떤 모습일까? 20년 후 주원이는 어떤 청년으로 변해 있을까? 그때까지 난 살아 있을까? 만약 살아 있다면 나와 주원이는 어떤 관계일까?

천사의 방문

　내게 천사는 주원이다. 늘 받들어 모셔야 하는 수호천사다. 나를 예뻐해 주시지만 또 나를 늘 긴장시킨다. 주말 오후 예정에 없는 방문을 하신다는 통보를 받았다. 퍼져 쉬고 있던 우리 집에 긴장감이 돈다. 환기를 시키고 그분을 맞을 준비를 시작한다. 집을 청소하고 그분이 드실 음식을 만든다. 그분이 오시면 꼭 들르는 내 서재도 청소한다. 잠시 후 보무도 당당하게 그분이 집에 오셔서 힘찬 목소리로 "하부지" 하며 나를 부른다. 난 맨발로 뛰어나가 그분을 맞는다. 내가 이렇게 반색하며 누군가를 맞는 건 그분이 유일하다. 아주 오랜만의 만남처럼 보이지만 사실 어제 헤어지고 24시간도 안 되어 또 만나는 것이다. 하지만 서로가 그렇게 반가울 수 없다.

그분이 오시면 그때부터 내 모든 업무는 정지다. 그분에게만 집중해야 한다. 그분과 얼굴을 비비며 그분의 명을 따른다. 책을 읽으라면 책을 읽고 말을 태우라면 말 노릇을 한다. 밥도 떠서 입에 넣어드리고 촛불을 켜라면 촛불을 켠다. 후식으론 그분이 좋아하는 딸기를 마련했다. 제철이 아니라 무지하게 비싸지만 그런 걸 문제 삼을 수는 없다. 그분에 대한 예의가 아니다. 그분은 마파람에 게 눈 감추듯 딸기를 드시고는 이번에는 주스를 요구하신다. 과식을 하는 것 같아 난 목욕을 제안했다. 오케이 사인이 떨어지고 난 그분의 옷을 벗기고 목욕탕에 들어간다. 우리가 제일 좋아하는 시간이다.

탕에서도 그분은 요구가 많다. 샤워기를 내려라, 치약을 짜서 대령하라, 새끼오리를 꺼내라 등등. 그분의 명을 받들면서 동시에 머리도 감기고 몸도 닦아드려야 한다. 찐하게 목욕시킨 후 밖으로 내보냈는데 갑자기 그분의 울음소리가 들린다. 물 묻은 발로 뛰어나가다 넘어진 것이다. 몸을 닦고 나가 보니 나를 본 그분이 책을 읽으라고 하신다. 그 와중에 무슨 독서? 하지만 난 다시 그분의 명령에 따라 책을 읽는다. 그분은 언제 울었냐는 듯 독서에 몰입하신다. 잠시 후 그분이 가셨다. 내 영혼도 다시 제자리를 찾아왔다.

그분과 함께하려면 에너지가 많이 들어간다. 하지만 그분의 방문처럼 내게 큰 기쁨과 충만함을 주는 건 별로 없다. 그분은 존재 자체로 빛난다. 힘들 때도 그분을 생각하면 나도 모르게 미소가 지어진다.

말하는 천사

주원이는 말이 느렸다. 그랬던 애가 두 돌 무렵 온 가족이 3박 4일 일본 여행을 다녀온 이후 폭발적으로 말이 늘었다. 주원이 뇌에서 뭔 일이 일어나는 것 같다. 아마 많은 사람과 집중적으로 시간을 보낸 것이 분기점이 된 듯싶다. 못 하는 말이 없다. 얼마나 자기표현이 분명한지 모른다. 단어를 늘어놓는 것이 아니라 문장으로 만들어 얘기하는 통에 다들 깜짝깜짝 놀란다. 주로 "어디 가자." "뭐 먹자." "그건 안 한다." "싫다" 같은 말들이다. 말을 잘하니 불편한 점도 있다. 예전엔 못 들은 척하면서 그의 말을 무시할 수 있었지만 지금은 아니다. 요즘은 꼼짝 마라다. 사과주스를 요구하면 선택지는 두 가지뿐이다. 주든지, 설득하든지.

그가 말 배우는 과정을 보면서 난 존재의 신비함을 느낀다. 아무도 가르쳐 주지 않았는데 어떻게 이 어려운 한국말을 배울까? 일단은 유심히 듣는 것 같다. 딴청을 하는 것 같지만 열심히 듣는다. 다음은 따라 하기다. 요즘 주원이는 어른들이 하는 말을 무조건 따라 한다. 내가 아내에게 "당신, 왜 그래?"라고 하면 주원이도 "당신, 왜 그래?"라고 하고 "우리 밖에 나갈까?"라고 하면 주원이 역시 "우리 밖에 나갈까?"라고 말한다. 완전히 앵무새다. 만약 내가 욕을 하면 애도 욕을 할 참이다. "애들 앞에선 냉수도 못 마신다."라는 말이 괜히 나온 게 아니다.

마지막은 반복하기다. 주원이는 혼자서도 잘 노는데 혼자 놀 때도 뭔가 소리를 낸다. 가만히 들어보면 배운 걸 반복하는 것이다. 이런 식이다. 아빠는 회사, 엄마는 공부, 할머니는 볼일, 할아버지는 회사 등등 한 번 들은 걸 이런 식으로 되새김질한다. 또 경찰차, 소방차, 덤프차, 굴착기 같은 차를 좋아하는데 시간이 될 때마다 이런 단어를 반복한다. 언어는 따라 하기와 반복하기란 걸 난 주원이를 통해 배우고 있다.

어제도 휴일이라 주원이가 왔다. 할머니는 매일 보고 난 주말마다 보지만 주원이가 오면 우리 집은 비상이 걸린다. 일단 기존에 하던 걸 모두 중지해야 한다. 텔레비전을 보고 있었다면 바로 꺼야 하고 글을 쓰고 있었다면 그만 써야 한다. 주원이가 온 후 무언가 하던 일을 계속한다는 건 불가능하다. 아니, 그건 주원에

대한 예의가 아니다. 사실 그러고 싶지도 않다. 주원이와의 만남
은 이산가족 상봉과 비슷하다. 주원이가 보무도 당당하게 집에
들어오면 할머니는 버선발로 뛰어나가 안는다. 쿨한 할머니가
주원이 앞에서는 쿨하지 않다. 나 또한 그러하다. 할머니에 이어
할아버지를 찾고 내게 바로 안긴다. 난 그에게 얼굴을 비비며 상
봉의 기쁨을 나눈다. 근데 기쁨만큼 힘듦이 존재한다. 어른 넷이
아이 하나를 당할 수 없다. 이것저것 만지고 뭔가를 요구하고 끊
임없이 술래잡기해야만 한다. 정말 중노동이다.

그렇지 않아도 종일 집에 있어 답답했던 난 그를 데리고 밖으
로 나갔다. 처음엔 놀이터에 가려고 했는데 문득 버스를 태우고
근처 백화점을 다녀오자는 생각이 들었다. 주원이에게 물어보니
"버스 버스" 하면서 동감을 한다. 승용차는 매일 타지만 사실 버
스 탈 기회는 별로 없다. 밖에만 나오면 주원이는 그렇게 얌전할
수 없다. 아니, 딴사람이 된다. 우리 집에 도도히 흐르는 유전인
자다. 나도 그랬고 우리 딸들도 그랬고 아내도 그런 편이다.

어릴 적 내 별명은 치마꽁댕이였다. 엄마 치마를 잡고 아무 데
도 가지 않고 엄마 주변만 빙빙 돌아 붙은 별명이다. 주원이도 그
렇다. 집에서는 활개 치고 다니지만 밖에만 나가면 조용하다. 주
변을 관찰하면서 아무 소리도 하지 않는다. 그래서 편하다. 애를
잃어버릴 가능성이 없다. 주원이에게 할아버지는 안아주는 사람

이다. 밖에만 나가면 안으로 한다. 백화점에서 딸이 좋아하는 간식거리를 하나 사서 바로 버스를 타고 집에 오니 저녁 시간이다. 저녁 먹이고 목욕시키니 또 하루가 지나갔다.

살면서 여러 변화가 있지만 새로운 식구의 탄생만큼 큰 변화는 없는 것 같다. 우리 집은 주원이가 있기 전과 후로 나뉜다. 먹는 것도, 놀러 가는 것도, 이사 가는 것도, 얘기의 화제도 온통 주원이가 중심에 있다. 힘도 들도 돈도 들고 여러 가지 제약이 많지만 그만큼 애가 있는 건 큰 기쁨이고 큰 변화다. 얼마 후면 주원이 동생이 태어난다. 딸이라는데 그녀가 가져올 변화가 기대된다. 천사 없이 편안하게 사는 것보다는 천사들 사이에서 힘들게 사는 걸 난 택하고 싶다. 난 천사들과 산다.

다민이의 탄생

우리 집에 두 번째 천사가 왔다. 주원이 천사가 온 후 2년 반 만의 일이다. 이번에는 딸이다. 이름을 '다민'으로 지었다. 다민이는 조금 일찍 태어나 인큐베이터에 2주 있었다. 애가 나온 후 바로 안아보는 것과 인큐베이터 안에 있는 아기를 보는 건 느낌이 아주 달랐다. 그렇게 가여울 수 없다. 어린 것이 엄마 품에 안겨보지도 못하고 벗은 채 눈을 가리고 상자 안에 있는 모습이 너무 애처롭다. 난 이 장면을 보면서 울컥했다. 나도 모르게 다민이에게 이렇게 속삭였다. "다민아, 힘들지? 근데 걱정하지 마. 할아버지가 너를 안아주고 지켜줄게. 퇴원만 하면 할아버지 집에서 놀자. 네가 원하는 거 다 해줄게." 다행히 별일 없이 퇴원했고 조리원을 거쳐 얼마 전 집에 왔다. 주원이는 동생이 그렇게 예쁜 모양이다. 자꾸 만져보려 한다. 나름 예뻐한다는 걸 표시하고 싶은 모양이다.

난 주말이 없는 사람이다. 큰딸과 작은딸이 매주 집에 오기 때문이다. 다 같이 와서 밥을 먹고 주원이 재롱을 보고 목욕시키고 노는 게 우리 집 일상이다. 근데 다민이가 온 후 우리 집 주말은 초비상 사태의 주말이 됐다. 갓난아기가 있으니 조심할 게 많다. 방도 깨끗이 치워야 하고 습도도 조절하고 온도도 신경 써야 한다. 게다가 애가 둘이다. 애가 하나인 것과 둘인 건 완전히 다르다. 집에 애 둘이 오면 정신을 차릴 수가 없다. 애 둘이 울기 시작하면 영혼이 탈탈 털리는 기분이다. 우리 부부는 아무것도 하지 못한다. 외출은 생각도 하지 못한다. 다민이가 어느 정도 될 때까지는 계속 그럴 것 같다.

우선 애들 부모가 너무 딱하다. 육아에 시달린 딸과 사위는 몰골이 말이 아니다. 샤워도 못 하고 집에 왔다고 해서 일단 샤워부터 하라고 했다. 주원이도 딱하긴 마찬가지다. 동생이 생기는 바람에 권력을 빼앗겼고 날씨는 추운데 코로나19까지 덮쳐 외출도 못 한다. 밀림의 왕자 타잔을 우리 속에 가둬놓은 격이다. 그래서인지 떼가 늘었다. 말이 늘면서 안 된다는 말을 입에 달고 산다. 그래도 할아버지 집이 세상에서 제일 좋단다. 거기 가면 자기가 맘대로 할 수 있는 할아버지 할머니가 있기 때문이리라.

원래 지난 주말은 친구들 부부와 해외여행을 다녀오려 했는데 코로나19 때문에 취소했다. 지금 생각해도 잘한 일이다. 만약 예정대로 여행을 갔다면 주원이 부모가 너무 힘들었을 것 같다. 네 식구가 토요일 오전부터 들이닥쳤다. 딸과 사위를 좀 쉬라고 한 후 아내와 내가 발 벗고 나섰다. 난 주원이와 놀아주고 아내는 식사 준비를 했다. 다민이는 잠을 자서 다행이었다. 그런데 어느 순간 다민이가 깨어 운다. 아내가 안아 내게 건네준다. 오랜만에 어린 것을 품에 안았다. 주원이를 안을 때와 느낌이 완전히 다르다. 가볍고 품 안에 쏙 들어온다. 고개를 못 가눠 너무 조심스럽다. 근데 순간 부지직하는 소리가 들린다. 아내를 불러 확인시키니 똥을 쌌단다. 똥 색깔이 예쁘다. 똥을 치우고 물휴지로 닦고 입으로 후후 불면서 아래를 말려준다. 처음엔 울다가 시원한지 가만히 있다. 아직 너무 작아 기저귀도 접어서 해준다. 아내와 둘이 기저귀 하나를 가는데 진땀이 난다.

잠시 쉬는데 낮잠을 자던 주원이가 일어난다. 주원이도 계속 변한다. 한동안 숨바꼭질을 좋아하더니 요새는 「아기상어」 놀이로 바뀌었다. 주원이가 무서운 표정으로 달려들면 난 무서워해야 한다. 그냥 하는 게 아니고 온몸을 움직이며 "아이, 무서워!"라고 말해야 한다. 한두 번이 아니고 스무 번 넘게 해야 한다. 무섭지도 않은데 무서워해야 하는 건 보통 일이 아니다. 도대체 이게 뭐가 재미있을까? 왜 이렇게 반복해야만 하는 것일까? 알다가도 모를 일이다. 하지만 방법이 없다. 애들이 온 지 얼마 되지 않았는데 마치 중노동을 하고 온 사람처럼 피곤하다.

난 어떻게 아이를 키웠을까? 기억이 나지 않는다. 아이를 키우는 부모는 얼마나 힘들까? 난 주말에만 애를 보는 데도 이리 힘든데 매일 종일 애와 붙어 있는 엄마는 어떨까? 요즘 우리 딸들은 부모를 절실히 원한다. 결혼 전에도 부모를 끔찍이 원하긴 했지만 지금 정도는 아니었다. 애를 낳고 기르면서 필요성이 더 커진 것 같다. 둘이 애 둘을 키우는 게 힘에 부치니 우리 부부의 도움이 더욱 절실할 것이다.

문득 이런 생각이 들었다. 이 애들이 앞으로 얼마나 우리를 이 정도로 절실히 원할까? 길어야 몇 년일 것이다. 어느 아주머니 말로는 애들이 중학교만 들어가도 필요성이 확 준단다. 모든 것은 다 때가 있다. 애들이 우리를 필요로 하는 것도, 주원이가 나와 놀아주는 것도, 우리가 이렇게 놀아줄 수 있는 것도 다 때가 있다는 생각이다. 그렇다면 필요로 할 때 적극적으로 도와주는 것이 우리 역할이다.

은퇴한 지인들은 들로 산으로 해외로 여행을 다니는데 당분간 우리 집은 꿈도 꾸지 못한다. 사실 별로 가고 싶지도 않다. 힘든 아이들을 나 몰라라 하고 우리끼리 놀러 가도 별로 재미있을 것 같지 않다. 하여간 요즘 우리 부부는 상한가를 기록하고 있다. 우리를 원하는 사람들이 너무 많다. 딸들은 수시로 나와 아내의 일정을 확인한다. 우리는 기쁜 마음으로 응한다. 이런 날이 얼마 남지 않았다는 걸 알기 때문이다.

내가 사랑하는 일상

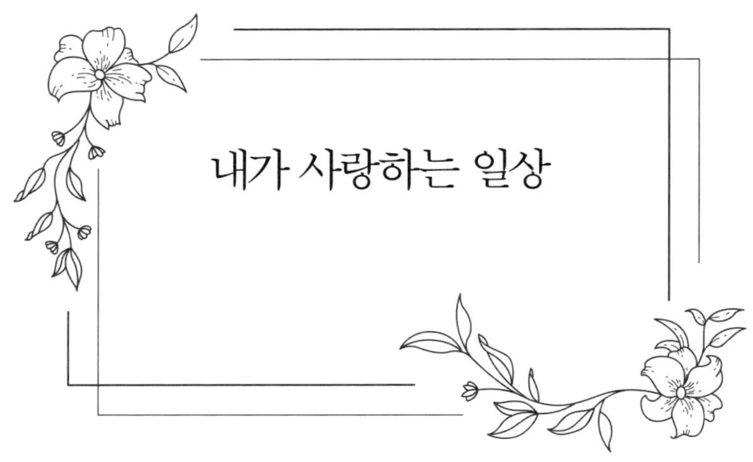

주말마다 큰애 가족은 우리 집으로 총출동한다. 그전에도 매주 오긴 했지만 코로나19 이후 더 공고해진 느낌이다. 부부가 애둘을 보기는 너무 힘들다. 주원이는 혼자 잘 놀지만 혼자 논다고 손이 안 가는 건 아니다. 사내애라 그런지 활동량이 많다. 잠시도 가만 있지를 않고 끊임없이 누군가의 관심과 보살핌을 필요로 한다. 아직 3개월도 되지 않은 다민이는 수시로 먹이고 안고 재워야 한다. 보통 일이 아니다. 난 토요일마다 글 쓰고 운동하고 독서 모임이나 글쓰기 모임을 한다. 코로나19 때문에 오프라인으로 못 하고 줌으로 미팅하는데 주원이가 수시로 들락거린다. 그래도 제법 의젓하다. 인사하라면 인사하고 "아줌마 뭐예요?"란 질문 정도만 하고 밖으로 나간다. 자기가 보기에도 함부로 떠들면 안 될 것 같은 기분이 든 것 같다.

12시쯤 내 볼일을 끝내면 우리 부부는 본격적으로 주말 식당과 주말 데이케어센터 운영을 시작한다. 아내는 열심히 음식을 준비한다. 난 주원이를 데리고 놀든지, 다민이를 안고 재우든지 한다. 그래야 딸과 사위가 샤워라도 할 수 있다. 점심때는 작은딸과 사위도 와서 같이 밥을 먹는다. 거의 매주 우리 집에서 일어나는 일이다. 주원이는 할아버지 할머니 못지않게 이모와 이모부를 좋아한다. 가족 범위 안에 이모와 이모부가 빠지지 않는다. 사업을 하느라 바쁜 이모부는 자주 보지도 못한다. 그런데도 이상하게 주원이는 이모부를 좋아한다.

사실 주원이를 가장 사랑하고 아끼는 건 이모다. 이모와 조카의 사랑이 유별나다곤 하지만 우리 둘째와 주원이의 관계는 그걸 넘어선다. 둘이 그렇게 좋아할 수 없다. 이모는 뽀뽀하자고 달려들고 주원이는 그런 이모의 심리를 알아차리고 뒤로 뺀다. 거의 매일 영상통화를 하고 오랜만에 만나면 부둥켜안고 입을 맞춘다. 가족 단톡방에서 주원이에게 가장 열렬히 관심을 보내는 건 바로 이모다. 주원이 옷과 장난감을 거의 대다시피 한다. 주원이 엄마보다 주원이를 더 끔찍이 생각하고 챙긴다. 오죽하면 큰애가 그런 이모를 진짜 엄마라고 하고 자기를 가짜 엄마라고 부를 지경이다. 식사를 마치면 난 자연스레 설거지 당번이다. 지친 딸과 첫째 사위는 잠시 쉬어야 하고 둘째는 아이를 본다. 그렇다고 일하느라 피곤한 둘째 사위를 시킬 수는 없다. 또 시키고 싶지도 않다.

보통은 저녁이면 자기 집으로 돌아갔는데 어제는 우리 집에서 자고 싶어 하는 눈치였다. 특히 사위가 그런 것 같다. 여기 있으면 도와줄 일손이 많고 조금이라도 쉴 수 있기 때문이다. 당연히 그러라고 했는데 밤에 다민이가 종종 깨서 우는 소리가 들린다. 주원이는 아침 7시도 전에 일어나 내 서재로 뛰어온다. 뭐가 그렇게 행복한지 모르겠다. 아침부터 노래를 부르고 내게 뭔가 물어보고 춤까지 춘다.

집보다는 바깥이 좋은 것 같아 주원이를 데리고 나오니 꽃이 지천이다. 목련은 이미 만개했고 진달래도 폈다. 벚꽃도 일주일 내에 필 기세다. 코로나19로 세상은 어수선하지만 자연은 아랑곳하지 않는 것 같다. 주원이도 아랑곳하지 않는다. 그네 밀어라, 시소 타자, 고양이를 보러 가자, 저게 엄마 고양이냐 아기 고양이냐, 자기를 안아라 등등. 참 요구사항이 많다.

집에 와서는 수시로 「아기상어」 노래를 틀라고 요구한다. 난 도대체 그 노래가 왜 좋은지 이해할 수 없다. 오후는 목욕 시간이다. 밑에 수건을 세 장 깐다. 큰 대야와 작은 대야를 준비하고 아기용 샴푸를 준비한다. 내가 다민이를 안고 아내는 옆에서 보조한다. 얼굴부터 씻기고 이어 머리를 감기고 맨 마지막에 옷을 벗기고 온몸을 씻긴다. 자기도 기분이 좋은지 가만히 있다. 코가 막혔는데 목욕하는 중에 코가 나왔다. 작은 아기 코에서 그렇게 많은 코가 나오는 게 신기하다. 씻긴 애를 가재 수건으로 닦이고 로션을 발라주고 기저귀를 채우고 옷을 입혔다. 그야말로 지극 정성이다. 아니, 지극 정성으로 해야 한다. 거의 신을 돌보는 수준이다. 다민이를 목욕시킨 후에는 주원이 차례다. 주원이 목욕은 목욕도 아니다. 그냥 탕에서 놀게 하고 나중에 머리만 감기면 된다.

저녁까지 먹고 애들이 모두 자기 집으로 돌아갔다. 이틀간 대장정이 끝났다. 종일 바깥바람을 못 쐰 아내가 산책하자고 한다. 봄바람이 참 좋다. 이렇게 하루가 지나갔다. 잠시 후 큰딸로부터 고맙다는 문자가 왔다. 사실 우리가 더 고맙다. 자식이 있다는 것, 건강한 자식이 결혼하고 자식을 낳고 그 자식들이 부모 도움을 필요로 한다는 것, 그런 도움을 줄 건강과 경제력이 우리에게 있다는 것, 자식의 자식이 우리를 끔찍이 원한다는 것, 서로를 사랑해 매주 만나 밥 먹고 웃고 떠들 수 있다는 것. 세상에 이보다 더 소중한 일이 있을까? 나중에 죽음을 앞두고 무엇이 가장 생각날까? 난 이런 장면이 떠오를 것 같다. 내가 이런 글을 쓰는 건 지금의 일들, 느낌, 감동, 순간을 기록하기 위함이다. 지금은 당연하지만 미래에는 당연한 일이 아닐 수도 있기 때문이다. 참, 인생은 아름답다. 더 이상 좋을 수가 없다.

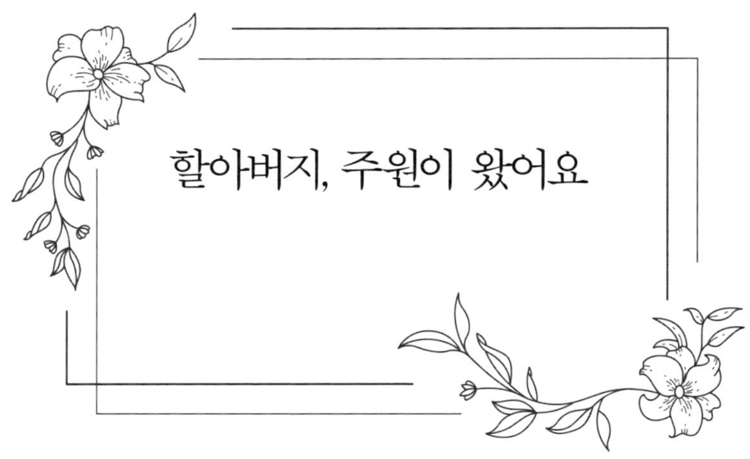

할아버지, 주원이 왔어요

주말마다 주원이와 다민이를 보면서 생명이란 것에 대해 생각한다. 생명의 핵심은 생존인 것 같다. 아이들은 다른 것도 못 참지만 배고픈 걸 참지 못한다. 3개월 된 다민이가 특히 그렇다. 다른 건 안아주고 달래면 어느 정도 진정되는데 배고플 때는 그 어떤 것도 통하지 않는다. 배고플 때 우는 것과 다른 이유로 우는 건 조금 다르다. 배고플 때는 치열하게 있는 힘을 다해 운다. 거의 절규 수준이다.

주원이도 그렇다. 먹고 싶은 걸 먹기 위한 노력이 가상하다. 비타민을 좋아하는데 여러 이유로 오전과 오후에 한 차례로 제한하고 할머니가 그 역할을 한다. 호주머니에 비타민을 갖고 있다 결정적인 순간에 주는데 주원이는 여러 방법으로 먹을 궁리를 한다. 이런 식이다. "할머니 호주머니에 뭐가 있나요?"라고 묻기도 하고, "제가 이걸 다 먹으면 비타민이 나타나나요?"라는 깜찍한 질문을 한다. 어떻게 어린 것이 그런 생각을 할까?

아이들은 하루가 다르다. 3개월 된 다민이는 지난주까지 많이 울고 보채서 어른들을 힘들게 했다. 이유를 모르는 울음에는 대책이 없다. 답답하지만 안고 달래는 방법밖에 없다. 그러다 보면 진이 빠진다. 근데 이번 주는 별로 울지도 않고 잘 잤다. 오전에 한 차례, 오후에 한 차례 거의 두 시간 넘게 푹 잤다. 오전에는 내가 데리고 들어가 재웠는데 조금 안아주고 엎어놨더니 그렇게 잘 잘 수 없다. 눈도 맞추기 시작했다. 내가 부르거나 무슨 얘기를 하면 큰 눈으로 나를 본다. 뭔가 알아듣는 것일까? 아니면 소리가 나서 내 쪽을 보는 것일까? 잘 웃지 않았는데 나를 보고 빙그레 웃는다.

날씨가 좋아 오전에 주원이를 데리고 놀이터에 갔다. 주원이보다 큰 애 둘을 데리고 나온 아저씨만 있다. 벚꽃은 활짝 피었고 햇볕은 따뜻하다. 놀이터에는 클라이밍을 하는 곳, 건너가는 곳, 매달리는 곳, 미끄럼틀 등이 복합적으로 있다. 주원이는 어딘가에 오르는 걸 좋아한다. 처음에는 밧줄이 있고 디딤돌이 있는 낮은 벽을 올랐다. 내가 옆에서 받쳐주자 제법 잘 오른다. 쉬운 곳을 마스터한 후에는 어려운 곳에 도전한다. 몇 번 도전한 끝에 목표를 달성한다. 이후 모래밭으로 간다. 주원이는 모래를 아주 좋아한다. 한참 동안 모래를 퍼서 옆에 쌓는다. 뭔가를 골라내고 가끔은 뿌리기도 한다. 손에 쥐었다 폈다를 하면서 모래가 흐르는 것도 관찰한다. 30분 넘게 그렇게 논다. 난 거들떠보지도 않는다. 그게 왜 재미있을까? 왜 자꾸 모래를 퍼서 쌓는 것일까? 나도 예전에 저랬을까? 이해할 수 없다. 그러다 형들이 소리를 내면서 뛰어다니자 갑자기 자기도 일어나 그 틈에 끼려고 한다. 소리를 지르고 뛰고 미끄럼틀을 타고 내려온다. 다시 모래밭에 가는데 이번에는 바닥에 주저앉는다. 손도 엉망이고 옷도 엉망이다.

놔두면 끝이 없을 것 같아 데리고 오는데 여지없이 무동을 주문한다. 주원이는 걷는 걸 별로 좋아하지 않는다. 안거나 무동을 태워야 한다. 점심을 먹은 후 주원이는 한 시간 반쯤 자고 나도 잤다. 이때 자둬야 후반전에 대비할 수 있다. 4시쯤에는 주원이와 함께 목욕하는 시간이다. 요즘 주원이는 방울에 빠져 있다. 난 계속 방울을 만들고 주원이는 방울을 손에 묻혀 하나로 만들기도 하고 부수기도 한다. 요즘은 자기도 직접 하는데 제법 잘한다. 예전에는 그렇게 치약을 먹었는데 요즘은 관심이 없다. 주원이 목욕 후에는 아내와 둘이 다민이를 목욕시킨다. 거의 신을 떠받드는 수준이다. 내가 만일 내 일을 그렇게 지극 정성으로 했으면 노벨상도 받았을 것 같다. 그렇게 또 주말이 지나갔다.

코로나19로 밖에 나가지 못하면서 우리 애들은 주말마다 우리 집에 온다. 주말 내내 같이 밥 먹고 애 보고 웃고 떠든다. 애를 보는 건 중노동이다. 이틀간 애들과 놀고 나면 파김치가 된다. 근데 하루만 지나면 또 보고 싶다. 병도 이런 병이 없다. 이게 상사병인가? 주원이는 집에 올 때마다 "할아버지, 주원이 왔어요!"라며 소리를 지른다. 월요일 새벽부터 이런 생각을 하는 걸 보면 내가 사랑에 빠져도 단단히 빠진 것 같다.

축 백일

　우리 부부는 주말에 정말 바쁘다. 특히 오늘은 다민이 백일이라 더 그렇다. 안방에 들어가 보니 아내는 벌써 주님 맞을 준비를 끝냈다. 환기하고 가습기를 틀어놓고 침대 위에는 기저귀, 가재 수건, 아기 이불 등이 놓여 있다. 백일상을 차려야 하는데 테이블보가 구겨졌다고 내게 다리미질을 부탁했다. 다리미질하는데 아내가 웃으며 이렇게 얘기한다. "결혼 후 한 번도 안 했던 일을 손자 때문에 하네요. 당신 이런 일 한 번도 안 했지요?" 그런 것 같다. 군대에서 한 이후 한 번도 한 적 없는 일을 손자 덕분에 한다. 의외로 다리미로 주름을 펴는 게 재미있다. 오전 9시도 되기 전에 주원이가 "할아버지, 주원이 왔어요" 하면서 들이닥친다. 주원이와 잠시 놀다가 다민이를 안고 방으로 들어갔다. 오전에 잠을 재우는 건 내 임무다. 예전에는 잠투정을 많이 했는데 오늘은 잘 안겨 나를 쳐다본다. 요즘은 얼마나 눈을 잘 마주치는지 모른다. 무념무상의 눈으로 가끔 웃어주면 난 정신이 혼미해진다. 다민이를 재우면서 나도 깜빡 졸다 밖으로 나왔다.

이제는 주원이와 놀아줄 차례다. 주원이를 데리고 집 앞 소방서에 가는데 마침 살수차가 물을 뿌리며 지나간다. 공사 후 먼지가 많아서 한참을 서서 물을 뿌리는데 주원이는 살수차를 보느라 딴 데 정신을 팔 겨를이 없다. 난생처음 보는 장면이 인상적인지 나중에 자기 엄마한테 그 얘길 한참 했다. 길을 건너 소방서에 가서 안에 있는 소방차를 한참 본다. 아무도 없고 차만 있다. 놀이터에 가자고 해도 아니란다. 더 보고 싶단다. 거의 30분은 있었던 것 같다. 주원이는 차를 좋아한다. 특히 덤프트럭, 굴착기, 크레인, 소방차, 경찰차는 주원이가 가장 사랑하는 5종 세트다. 한 번은 양평에 꽃구경 갔는데 보라는 꽃은 보지 않고 공사 현장에 있는 굴착기만 목을 빼고 보다 온 적도 있다. 주원이 눈에는 공사 현장 굴착기가 장미꽃으로 덮인 에버랜드보다 나은 것 같다.

소방서와 놀이터를 거쳐 집에 오니 백일상을 차리느라 아내와 딸들이 바쁘다. 벽에 100일이라고 쓴 글씨도 붙이고 온갖 동물 모양도 붙였다. 케이크와 과일도 늘어놓고 다민이가 앉을 의자를 준비 중이다. 간단히 점심을 먹은 후 난 다시 다민이를 재우러 들어가고 주원이는 엄마를 따라 자러 들어갔다. 백일에서 가장 중요한 건 사진이고 사진을 잘 찍기 위해서는 컨디션이 좋아야 한다. 큰애 돌 때는 이 사실을 몰라 자는 애를 들쳐 업고 사진을 찍느라 정말 고생했다. 자고 일어나 컨디션이 좋은 다민에게 꼬까옷을 입히고 의자 위에 앉혔는데 제법 의젓하다. 큰 눈으로 사방을 보면서 무슨 일인가 어리둥절한 때를 놓치지 않고 둘째 사위가 열심히 셔터를 눌러댄다. 다민이가 딴짓을 못 하게 어른들이 온갖 아양을 떠는데 아내가 가장 열정적이다. 쿨한 아내에게 저런 모습이 있다는 게 놀랍다. 딸들 키울 때는 거의 보지 못한 모습이다. 돌아가면서 사진을 찍고 음식을 먹고 수다를 떨다 보니 주원이 목욕 시간이다. 대충 씻기고 다민이까지 목욕시키고 저녁을 먹고 나니 하루가 지나갔다.

애들이 각자 집으로 돌아간 후에도 우리 부부는 바쁘다. 아이 물건 등으로 엉망이 된 집을 치워야 하고 환기도 해야 한다. 이후 아내와 난 30분쯤 산책한다. 한숨을 돌리기 위해서다. 걷다 보면 조금 정신이 들고 컨디션도 회복된다. 대화 소재는 다시 손자들이다. 주원이가 살수차를 그렇게 좋아하고 사자성어를 외워 주변인을 놀라게 하고, 다민이가 하루가 다르게 달라지고 등등. 딸들 관련해서도 할 말이 많다. 여자 형제가 없는 아내는 내게 온갖 얘기를 다 해준다. 만약 이런 얘기를 해주지 않으면 난 우리 집이 어떻게 돌아가는지 모를 것 같다.

잠시 후 딸들에게 문자가 왔다. "오늘도 신삼호 데이케어센터에서 잘 먹고 잘 놀고 잘 쉬다 갑니다." 난 속으로 이렇게 대답했다. "육아로 정말 고생한다. 또 백일상 차리느라 애썼다. 주중에 열심히 일하고 주말에는 여기 와서 푹 쉬어라. 너희들에겐 육아가 힘든 일이지만 주말에만 애를 보는 내겐 육아가 휴식이란다." 내가 생각하는 휴식의 정의는 평소와 다른 일을 하는 것이다. 매일 육체노동을 하는 사람에겐 독서가 휴식이고, 매일 책만 읽고 보고서만 보는 사람에겐 도끼질이 휴식일 수 있다. 늘 그렇지만 이번 주말도 이틀 내내 아무것도 못 하고 천사들과 놀았다. 하도 많이 놀아주어 허리까지 아픈 내가 월요일 아침에 눈 뜨자마자 이런 육아일기를 쓰는 걸 보면 정상은 아닌 것 같다.

최고의 선물

　적어도 한 달에 한두 번은 일산에 사시는 어머님 집에 간다. 갈 때마다 아내는 미역국 혹은 된장국과 여러 가지 밑반찬을 갖고 간다. 장도 봐 드리고 같이 식사하는 게 우리 부부의 오래된 리추얼이다. 근데 코로나19 때문에 거의 두 달 넘게 못 가다 연휴를 맞이해 가보기로 했다. 부부만 가는 것보다는 주원이를 데려가기로 했다. 어머니가 얼마나 증손주를 보고 싶어 하는지 알기 때문이다. 또 몇 시간이라도 주원이를 봐주면 딸 부부도 좀 쉴 수 있다는 판단에서다. 당일 아침 아내는 배우러 다니는 게 있어 내가 주원이를 차에 태우고 아내와 약속한 장소에 가기로 했다.

　우리 집에 들어서는 주원이는 늘 보무당당이다. 들어오면서부터 폭풍 질문을 쏟아낸다. 첫 질문은 "할머니는 어딨어요?"다. 이어 "할아버지, 소방서 문 열었어요?" "살수차는 어딨어요?" 주원이는 아침부터 행복하다. 그렇게 즐거울 수 없다. 일어나면서부터 노래를 흥얼거리고 덩실덩실 춤을 춘다. 완벽한 해피보이다. 무슨 특별한 일이 있어 그런 게 아니다. 그에겐 삶 그 자체가 행복이다. 생활도 단순하다. 일찍 자고 일찍 일어나고 점심 후에는 꼭 한 시간 반씩 낮잠을 잔다. 무엇이든 잘 먹는다. 모든 것에 호기심이 많은데 특히 자동차를 좋아한다. 소방차, 덤프트럭, 경찰차, 굴착기, 크레인을 제일 좋아하는데 최근 하나가 더 생겼다. 바로 살수차다. 우연히 물 뿌리는 차를 한 번 본 이후 살수차와 사랑에 빠졌다. 그래서 나를 볼 때 "할아버지, 살수차 언제 와요? 지금 나가면 살수차 볼 수 있어요?"란 질문을 던진다.

밥도 잘 먹지만 요구르트, 주스, 심지어 낫토까지 잘 먹는다. 그중에서도 어린이용 비타민을 특히 좋아한다. 그네 타는 것도 좋아하고, 무언가에 기어 올라가는 것도 좋아하고, 책 보는 것도 좋아한다. 난 주원이에게 배운다. 아이가 어른의 스승이란 말을 이해할 수 있다. 아이가 어른보다 한 수 위란 생각을 한다. 우리 어른들은 도대체 뭐가 그렇게 불만일까? 왜 그렇게 불행할까? 왜 그렇게 걱정근심으로 가득한 삶을 살고 있는 것일까? 도대체 언제 우리는 행복해질 수 있을까? 그런 날이 오기는 올까?

오래간만에 만난 어머니는 반가워 어쩔 줄 모르신다. 눈이 반짝반짝 빛난다. 오랜만에 만난 아들과 며느리에게는 별 관심이 없는 듯하다. 모든 관심이 주원이다. 손을 잡고 얼굴을 비비며 온갖 질문을 퍼붓는다. "동생 예뻐?" "그동안 잘 지냈니?" "왕할머니 보고 싶지 않았어?" "집에 수박 있는데 같이 먹자." 등등. 돌아가신 아버님이 살아오셔도 이보다 반가워하진 않으실 것 같다.

주원이는 낯을 가리지 않는다. 특히 왕할머니를 좋아한다. 식사를 마치고 왕할머니 집에 가서도 혼자 덩실덩실 춤을 추고 온갖 질문을 한다. 이게 뭐냐, 저게 왜 저러냐 질문을 쏟아내다가 집에 굴러다니는 테니스공을 갖고 왕할머니와 논다. 난 그 장면을 어머니 핸드폰으로 찍었다. 구식 폰이라 사진 품질은 별로지만 어머님이 참 좋아하신다.

잠시 놀다 주원이 낮잠 시간에 맞추어 집을 향해 출발했다. 아니나 다를까 출발하자마자 주원이가 잠들었는데 그렇게 예쁠 수가 없다. 애들은 노는 것도 예쁘지만 자는 모습은 더 예쁘다. 아니, 제일 예쁘다. 그때 어른들도 쉴 수 있기 때문이다. 한 시간은 자야 하는데 30분 만에 집 근처에 도착하는 바람에 조금 더 드라이브했다. 어느 순간 잠에서 깨어난 주원이가 뭐라고 얘기한다.

집에 도착해 주원이를 목욕시킨 후 스티커 놀이를 시작했다. 한쪽에서 스티커를 떼어 다른 곳에 붙이는 것이다. 처음에는 혼자 알아서 하더니 어려운 게 나타나면 자꾸 나보고 붙이란다. 귀

찾아서 대충 붙였더니 다시 불이라고 요구한다. 제자리에 정확
하게 맞지 않았기 때문이다. 주원이는 자기 엄마를 닮아서인지
완벽주의 성향이 있다. 조금 비뚤어진 걸 참지 못한다. 잠시 후에
는 「아기상어」 노래를 틀라고 요구한다. 뭔 놈의 요구가 그렇게
많은지? 상전도 그런 상전이 없다.

　힘든 하루였다. 하지만 보람이 있었다. 어머니에게 최고의 선
물을 드린 것도 잘한 일이고 주원이에게 바람을 쐬게 해준 것도
잘한 일이고 딸 부부에게 몇 시간이라도 휴식 시간을 준 것도 잘
한 일이다. 내 하루가 그렇게 지나갔다.

주원이의 두 얼굴

두 딸은 주말마다 우리 집에 와서 같이 시간을 보낸다. 같이 운동하고 밥 먹고 애들하고 놀아주고 얘기도 나누고. 이번 주부터는 약간 변화를 주기로 했다. 토요일은 예전처럼 애들이 집으로 오지만 일요일은 우리 부부가 주원이를 집에 데리고 와서 보기로 한 것이다. 낮잠 시간이 끝날 3시쯤 가기로 했는데 2시 반쯤 전화가 왔다. 일찍 일어난 주원이가 할아버지를 찾는다는 것이다. 부리나케 차를 몰고 주원이를 데리고 집 근처 국립묘지에 가서 넓은 잔디밭에 풀어놨다. 이미 애들이 여럿 놀고 있다. 신난 주원이가 할머니 손을 잡고 껑충껑충 뛰더니 어느 순간 나보고 안으란다. 잠시 놀다 집으로 돌아오는데 집 근처 소방서 앞이 복잡하다. 이를 본 주원이가 "할아버지 소방서 문이 열려 있어요."

라며 흥분한다. 주차하고 아내를 집으로 보낸 후 주원이와 둘이 소방서로 향했다. 여지없이 무동을 태우란다. 주원이는 3보 이상은 무조건 안든지 무동을 태워야 한다.

소방서 바로 앞은 '빗물받이 공사'가 한창이다. 소방서 문은 활짝 열려 있고 굴착기와 지게차에 덤프트럭까지 있다. 경찰차를 제외하고 주원이가 가장 좋아하는 것들이 모두 한자리에 모여 있다. 세상에 이게 웬 횡재냐! 주원이가 넋을 놓고 공사 장면을 본다. 땅을 파는 것, 콘크리트를 개는 것, 지게차가 뭔가를 싣고 내리는 것 등등. 한참 구경하는데 젊은 아가씨가 여기는 문이 내려오는 곳이라 위험하다며 조금 뒤쪽에서 구경하라고 하더니 주원이를 보고 말을 걸었다.

"어쩌면 이렇게 예쁘니. 몇 살이야? 소방차 태워줄까?"

주원이가 그렇게 쑥스러워할 수 없다. 얼마 전에도 차를 태워주겠다는 요청에 고개를 저었는데 오늘도 마찬가지다. 그래도 소방관 누나가 싫은 것 같지는 않다. 주원이가 뭔가를 자꾸 물어보았고 그녀는 친절하게 답을 한다. 마침 그때 주원이보다 한두 살 위로 보이는 남자애가 부모와 함께 들어오자 다른 소방관이 친절하게 맞이한다. 설명도 해주고 차도 태워준다. 근데 그 애 이름도 주원이란다. 신기한 일이다. 어느 정도 누나와 친해진 것 같아 난 슬그머니 빠져 소방관들이 하는 족구를 봤다. 다들 몸이 좋고 건강해 보인다. 거의 프로 수준이다.

한 시간쯤 소방서에서 논 후 놀이터로 자리를 옮겼다. 날이 좋아 그런지 동네 애들이 다 모인 것 같다. 엄마들은 벤치에서 수다를 떨고 애들은 소리를 지르며 숨바꼭질하고 자전거를 타고 열심히 논다. 이 광경을 본 주원이가 또다시 흥분했는데 소방서에서와는 완전히 딴판이다. 처음 본 애들에게 "형" "누나" 하며 마구 부르고 질문을 해댄다. "형, 뭐 해? 그게 뭐야?"라고 묻는다. 얼마나 소리를 지르는지 모른다. 처음엔 당황하던 형들이 자신들이 먹던 감자깡을 하나 주자 받아먹는다. 맛을 음미하던 주원이가 하나를 더 집는다. 생전 처음 먹어보는 맛에 푹 빠진 것 같다. 또 하나 먹으려는 걸 내가 제지했다.

이어 옆에 있던 누나에게 "누나" 하며 다정하게 부른 후 말을 건넨다. 놀이터가 주원이 사교장이 된 것이다. 조금 전까지 부끄러워 소방차에 오르지도 못한 것과는 너무 대조적이다. 사실 딸을 통해 주원이가 놀이터에서 너무 사교적이라 당황했다는 얘기를 들은 적은 있다. 하지만 이 정도일지는 몰랐다. 집으로 돌아와 목욕시키는데 요즘 주원이는 샴푸를 내 머리와 몸에 바르는 걸 좋아한다. 바른 후 내 젖꼭지를 잡고 내가 아파하면 마냥 좋아한다. 까르르 숨이 넘어가듯 웃는다. 저녁까지 먹여 집에 데려다주니 주말이 끝났다.

　어린 시절 난 남자답지 못하다는 얘기를 참 많이 들었다. 부모님은 내가 씩씩하고 남자답고 사교적이길 바라셨지만 난 그렇지 못했다. 소심하고 혼자 놀고 집 밖에 나가길 싫어했다. 누가 말을 걸어도 답을 잘 못 하고 엄마 주변을 빙빙 맴돌아 치마꽁댕이란 별명을 가졌다. 우리 딸들 역시 나를 닮아 치마꽁댕이였다. 주원이도 분명 그런 면이 있는데 완전히 정반대의 측면이 공존한다는 걸 오늘 발견했다. 주원이는 어떤 성격의 사람으로 성장할까? 누구도 알 수는 없지만 난 절대 뭔가를 강요하지는 않을 예정이다. "남자는 이래야 한다." 같은 말도 안 되는 선입견을 심어주고 싶지 않다. 주원이는 주원이답게 자랐으면 하는 게 내 소망이다. 지금처럼 행복하고 어떨 때는 소심하게 어떨 때는 활달하게!

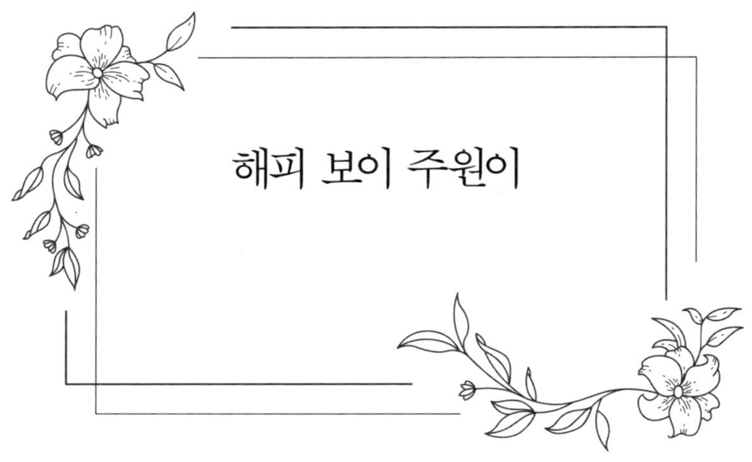

해피 보이 주원이

'행복의 과학'이란 제목의 강의를 연세대 서은국 교수에게 들었다. 몇 년 전 들었는데 다시 들었다. 아는 내용이지만 들을 때마다 새롭다. 그가 하는 주장은 단순하다. 강의 제목처럼 행복은 이성적인 그 무엇이 아니라 과학이란 것이다. 생존을 위해 만들어낸 기제란 것이다. 대강 이런 내용이다.

"생존을 위해 가장 중요한 건 먹는 것과 번식이고 이를 위해서는 먹는 것과 섹스가 즐거워야 한다. 만약 억지로 먹거나 번식을 위해 할 수 없이 섹스했다면 인간은 멸종했을 것이다. 흔히 우리가 행복의 조건으로 생각하는 게 실은 행복과 별 상관이 없다. 돈이 대표적이다. 돈은 비타민과 같다. 비타민이 없으면 문제가 되지만 비타민을 많이 먹는다고 더 건강해지는 건 아니다. 외모와 행복의 관계도 그렇다. 스스로 잘생겼다고 생각하는 주관적 외모는 행복과 상관이 있지만 객관적 외모는 별 상관이 없다. 행복은 철저히 주관적이다. 행복은 생각이 아니라 경험이다. 손가락에 압정 박는 걸 생각해 보라. 생각만으로도 아프지만 실제 박는 것과는 비교도 되지 않는다. 경험이 그렇다.”

행복은 철저히 주관적이고 행복에 가장 큰 영향을 미치는 건 다름 아닌 유전자다. 태생적으로 행복한 사람이 있고 반대로 태어나길 우울한 사람이 있다는 것이다.

난 그 강의를 들으면서 주원이가 연상됐다. 그동안 많은 아기를 봤지만 주원이처럼 행복한 아기는 처음이다. 주원이는 태생적으로 행복한 아기다. 이번 주말에도 난 주원이와 많은 시간을 보냈는데 단 한 번도 징징대지 않았다. 물론 먹고 싶은 걸 주지 않는다든지, 자기 뜻과 다른 걸 강요하면 잠시 아주 잠시 찡 소리를 내지만 극히 짧은 순간이다. 대부분은 그렇게 행복할 수 없다. 이번 주말도 행복한 시간을 보냈다. 그가 가장 좋아하는 소방서를 방문해 친절한 소방관의 안내로 설명을 들었다. 이어 주원이와 함께 소방관들이 족구하는 모습을 한참 보고 있는데 갑자기 비상이 걸렸다. “굴절차, 무슨 차 출동”이란 소리가 들리자마자 소방관들이 하던 일을 멈추고 바로 차에 올라탄다. 세상에 가장 필요하고 훌륭한 사람이 소방관이란 생각을 하게 된다. 몸도 좋고 인상도 좋고 책임감으로 뭉친 사람들이다. 눈앞에서 사이렌 소리를 울리며 출동하는 모습을 본 주원이는 마냥 신났다. 계속해서 내게 출동이란 말을 한다.

일요일도 행복한 시간을 보냈다. 토요일은 비가 와서 놀이터를 못 갔는데 일요일은 날이 좋아 큰 놀이터에 갔다. 처음에는 초등학생 남매만이 있었다. 누나가 동생 자전거 타는 걸 가르쳐 주는데 지극 정성이다. 참 좋은 누나다. 이어 주원이보다 큰 여자애가 와서 그네를 타고 기어오르며 잘 논다. 주원이가 그 애들에게 자꾸 말을 건다. 누나들이 하는 걸 쫓아서 하고 뭐라 하고 때론 소리를 지른다. "누나, 뭐 해?" "형, 위험해. 거기 가면 안 돼." 등등 너무 큰 소리로 자기들을 부르니까 형과 누나들이 당황한 표정을 짓는다. 그래도 너그러운 눈빛으로 주원이를 본다. 주원이는 혼자도 잘 놀지만 누군가 있으면 더 잘 논다. 태생적으로 친화력이 있는 것 같다.

집에 돌아와 주원이를 목욕시키고 저녁 먹었다. 그러고 나서 둘째와 아내와 함께 주원이를 자기 집에 데려다주기로 했다. 보통은 차를 갖고 가는데 날씨가 좋아 걷기로 했다. 보통은 안아달라고 하는데 오늘은 제법 잘 걷는다. 중간에 둘째가 안아주고 나중에는 내가 무동을 태웠다. 그래도 제법 많이 걸었다. 집에서 답답하게 지내는 주원이에게 많은 사람이 공을 차거나 뛰면서 노는 운동장은 신세계인 듯싶다. 잠시 운동장 스탠드에 앉아서 사람들 노는 걸 보던 주원이가 씽씽이를 타는 누나들을 보고 뭐라 한다. 자기도 타고 싶다는 것이다. 다음에는 씽씽이를 갖고 오자는 약속을 하고 다시 가려는데 다시 무동을 태우란다. 누구의 말씀이라고 거역하겠는가. 오다 보니 주원이가 다니는 어린이집이 나온다. 내려서 잠시 걷던 주원이가 이번에는 할머니보고 업으란다. 오늘 많이 놀아서 그런지 급격히 피로가 몰려오는 것 같다.

주원이를 데려다주고 돌아오는데 날이 참 좋다. 홀가분하다. 행복은 전염성이 강한 것 같다. 행복한 주원이와 놀다 보면 나도 행복해진다. 가족 모두에게 행복이 전해진다. 난 주원이가 공부를 잘하는 것보다 인생을 잘 즐기고 행복을 잘 느끼는 사람으로 자랐으면 좋겠다. 오늘 하루도 주원이 덕분에 행복하다.

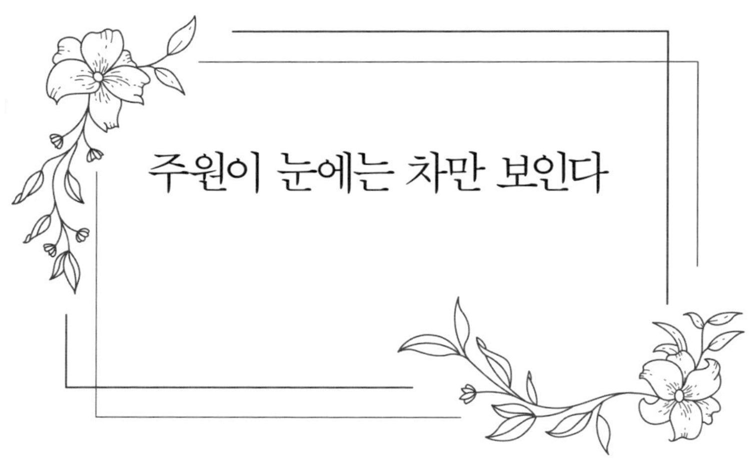

주원이 눈에는 차만 보인다

주원이 엄마가 주말에 학교에 가니 주원이를 봐야 한다며 아내가 불가피한 일정 외에는 스케줄 잡지 말라고 한다. 그래도 토요일에는 공사세가 있고 끝난 후에도 미팅이 하나 있어 3시쯤 집에 왔다. 문을 여니 낮잠을 자고 일어난 주원이가 반색하며 소방서를 외친다. 소방서를 가자는 것이다. 옷만 갈아입고 바로 소방서로 향했다. 대충 둘러보고 길에서 지나가는 차를 보는데 유난히 덤프트럭이 많다. 최근 이렇게 많은 덤프트럭을 한꺼번에 본 적이 없던 주원이는 신났다.

때마침 굴착기도 지나가고 지게차도 지나가고 원하는 모든 차를 봤는데 갑자기 살수차 얘기를 꺼낸다. 왜 안 오느냐는 것이다. 우연히 아침에 살수차를 한번 본 주원이의 관심이 살수차에 꽂

했다. 문제는 그놈의 살수차를 다시는 볼 수 없다는 것이다. 정말 살수차가 모여 있는 곳을 방문하든지 무슨 수를 써야 할 것 같다. 소방서에서 놀이터를 거쳐 집에 와 주원이를 목욕시키고 자기 집으로 돌려보냈다. 힘이 들었는지 7시 반부터 졸기 시작해 8시에 자는 바람에 아내에게 신생아란 얘기를 들었다.

일요일은 아침 7시부터 종일 주원이를 봐야 한다. 딸네 집에 가니 주원이는 이미 일어나 모든 준비를 끝내고 우리를 기다리고 있다. 비가 와서 밖에서 놀려던 계획은 포기했다. 대신 아내가 식사 준비를 할 동안 난 주원이를 데리고 집 뒤 조그만 공터로 갔다. 둘 다 신발을 벗고 길 위를 걷는데 기분이 상쾌하다. 우리 애들 어릴 때 소나기 오는 날 같이 비를 맞으며 기뻐한 기억이 나서 한번 해봤는데 제법 괜찮다. 주원이도 맨발로 걷는 게 신기한 모양이다.

식사를 마친 후 여지없이 소방서 얘기하는데 느닷없이 소방서 이모가 어디 있냐고 묻는다. 몇 주 전 젊은 여성 소방관이 거의 30분 정도 주원이를 데리고 온갖 설명을 해줬다. 그 얘기를 하는 것 같다. 당시에는 아무 반응이 없어 내가 민망했는데 다정한 소방관 이모가 보고 싶은 모양이다. "예쁜 소방관 이모 보고 싶어?"라고 묻자 고개를 끄덕인다. 비는 오지만 할 수 없이 또다시 소방서에 가서 소방관 이모의 안부를 물으니 오늘은 안 나오고 다음

주 일요일 근무니 그때 오란다. 다음 주엔 기필코 소방관 이모를 만나리라.

비가 그치지 않아 국립묘지 대신 백화점에 가기로 계획을 바꿨다. 몇 가지 살 것도 있고 점심도 먹고 겸사겸사. 차를 갖고 가지 않고 주원이가 좋아하는 마을버스를 타기로 했다. 마스크를 씌워 탔는데 아주 신났다. 낮은 승용차보다 높고 넓은 버스가 좋은 모양이다. 앞에 기둥을 꼭 잡고 얼마나 열심히 바깥 풍경을 보는지 모른다. 주원이는 사내애지만 밖에서는 얌전하다. 징징대는 법이 없다.

백화점에서도 차분하게 잘 쫓아다닌다. 근데 지루했던지 갑자기 장난감을 사러 가자고 한다. 이 백화점은 별도의 장난감 코너가 없고 대신 옷 가게에 작은 장난감 가게가 붙어 있다. 그 근처에 갔는데 주원이가 갑자기 옷 가게 앞에서 멈춘다. 굴착기를 비롯한 자동차 그림이 꼭 찬 잠옷을 발견한 것이다. 주원이 눈에는 차만 보인다. 필요도 없는 잠옷인데 하도 졸라 사이즈를 물어보니 다행히 그 사이즈가 없다. 이어 호랑이와 사자가 잔뜩 들어 있는 장난감을 집는다. 또 옆에 있는 덤프트럭과 굴착기도 집는다. 고급스러운 것도 아니고 싼 티가 줄줄 흐르는 장난감인데 주원이는 아랑곳하지 않는다. 결국 세 개를 다 사 줬는데 밥을 먹는 내내 장난감에서 눈을 떼지 못한다.

주원이가 세상에서 제일 좋아하는 곳은 동물원도 아니고 놀이공원도 아니다. 바로 공사 현장이다. 덤프트럭과 지게차와 굴착기가 잔뜩 있는 공사 현장이다. 거기에 구급차와 경찰차와 소방차가 사이렌을 울리며 지나가면 그게 주원이에겐 천국이다. 다행히 바로 집 앞에 소방서가 있고 그 옆에 아파트 공사 현장이 있다. 근데 무슨 일인지 공사를 시작하지 않고 있다. 내 소망은 하루빨리 공사 현장에서 공사를 시작하는 것이다. 그리고 가급적 비상이 자주 걸려 불자동차가 사이렌을 울리며 길을 질주하는 것이다. 참, 하나가 빠졌다. 살수차가 아침저녁으로 집 앞을 지나갔으면 좋겠다. 그리고 미리 일정을 알려주면 더 이상 고마울 수 없을 것 같다.

브라키오사우루스와 주원이

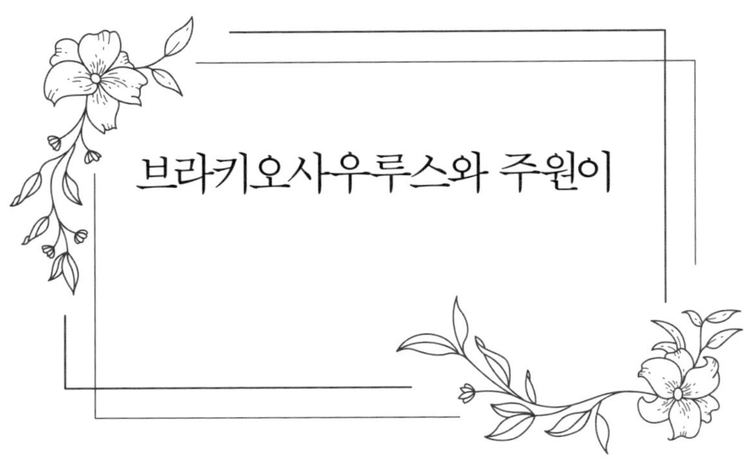

지지난 주는 아내가 아파 주원이가 오질 못했다. 토요일 오전에 갑자기 어지럼 증상을 보여 준비를 다 끝낸 주원이네 가족이 오지 못한 것이다. 그들 네 식구가 어떤 시간을 보냈을지 안 봐도 비디오다. 아내가 조금만 아파도 집 안이 엉망이다. 모든 게 아내 중심으로 돌아가다 중심축에 문제가 생기니 집이 정지한 느낌이다. 리추얼처럼 돌아가던 모든 행사가 다 중지다. 그나마 근처에 사는 둘째가 아내를 병원에도 데리고 가고 점심도 차려주어 다행이다. 그 사람이 어떤 사람인지는 그 사람이 없을 때 판가름하는데 아내를 보면서 그런 생각이 든다. 아내가 없는 집은 더 이상 집으로 의미가 없는 듯하다.

일주일 만에 아내 컨디션이 회복됐다. 토요일 오전에 글사세 2기를 끝내고 집에 가니 현관에 신발이 가득하다. 한 주를 오지 못한 두 딸과 사위 둘에 손자까지 모두 온 것이다. 다른 집은 자식들이 안 와서 걱정인데 우리 집은 자식들이 너무 자주 와서 걱정이다. 사실 나도 주원이가 보고 싶었다. 지난주에 봤어야 하는데 보지 못하는 바람에 거의 2주 만에 상봉했다. 나도 요즘은 일이 많아져 시간을 낼 수 없는 데다 아내가 시원치 않으니 주원이가 올 처지가 아니었다. 매일 보던 할머니를 보지 못한 주원이가 매일 할아버지 집에 가고 싶어 한다는 얘기만 전해 들었다. 오랜만에 나를 본 주원이는 반색하며 와서 안긴다. 2주만 안 봐도 이리 보고 싶으니 나중에 애들이 해외에 나가면 어찌할지 생각만 해도 아찔하다.

　반가운 것도 잠시 주원이가 대뜸 내게 소방서를 가자고 한다. 그냥 가자는 게 아니라 소방관 이모를 보고 싶다고 구체적으로 이유를 댄다. 당연히 주원이를 데리고 소방서에 가서 예쁜 이모와 만나게 했다. 주원이가 소방관 이모를 그렇게 보고 싶어 했다고 말하자 그녀가 얼마나 기뻐하는지 모른다. 둘이 30분 넘게 소방차를 보고 이리저리 다니면서 시간을 보낸다. 근데 이상하게 소방관 이모한테 별다른 표현을 하지 않는다. 묻는 말에 답하는 정도다. 낯을 가리는 것인지, 부끄러워하는 것인지 잘 모르겠다.

　이어 놀이터에 데려갔는데 여기서는 완전히 다른 모습이다. 날이 좋아 동네 애들이 다 온 것 같다. 주원이가 형과 누나들 노는 곳에 가서 자꾸 모래를 뿌리고 방해한다. 나름 같이 놀자는 표현인데 애들은 귀찮아한다. 할 수 없이 그네 옆으로 갔더니 여자애들 셋이 놀고 있다. 주원이를 보자 반가워하면서 자기들을 소개한다. "저는 은별이, 쟤는 한별이, 저기는 금별이에요. 동생 우주도 있어요." 요즘 보기 드문 4형제 집안이다. 애들 사이에서 자라서 그런지 친절하다. 몇 살이냐고 묻기도 하고 그네도 밀어주고 자기들이 먹는 껌도 준다. 그러면서 "이거 삼키면 안 돼."라고 주의를 단단히 준다. 덕분에 주원이는 난생처음 껌을 맛봤다.

요즘 주원이는 공룡에 꽂혀 있다. 매일 자기 엄마가 공룡 책을 읽어주어서인지 모르는 공룡 이름이 없다. 며칠 전에는 지인이 아주 큰 공룡 인형을 사 줬다. 주원이가 이 공룡을 아주 좋아한다. 이름은 브라키오사우루스다. 어제는 주원이를 데리고 집에 가려는데 굳이 이 거대한 공룡 인형을 데려가자고 우긴다. 요즘은 주원이가 우기면 방법이 없다. 그냥 그분의 말에 복종해야만 한다. 집에서는 자기가 공룡이라며 할머니를 잡아먹는다면서 낄낄대고 웃는다. 이제는 공룡 이름을 공부해야 주원이와 대화가 될 것 같다.

일요일 오후 주원이를 집에 데려다주고 둘째와 셋이서 산책하는데 또 주원이와 다민이 얘기를 했다. 종일 주원이와 다민이랑 놀았는데 또 손자들 얘기라니. 아내가 먼저 얘기한다. "주원이나 다민이가 없으면 난 우울증에 걸릴 것 같아. 힘든데 자꾸 생각이 나. 아플 때도 애들이 보고 싶었어. 애들이 나중에 공부하러 미국에 가면 어쩌지?" 이 얘기를 들은 둘째가 비슷한 얘기를 한다. "주원이랑은 30분만 놀면 급 피곤해지는데 조금만 안 보면 또 보고 싶으니 이건 어떻게 된 거지?"

주원이는 우리에게 어떤 존재일까? 난 평생 누군가를 이렇게 사랑한 적이 없다. 근데 주원이는 잠시만 보지 않아도 생각난다. 여태껏 내게 이런 존재는 없었다. 내가 주원이에게 절대복종하는 이유다. 주원이는 우리 부부에게 치명적 사랑이다. 우리를 아주 힘들게 하지만 보지 않으면 견딜 수 없게 만드는 그런 신 같은 존재다.

난 공사 현장이 좋아

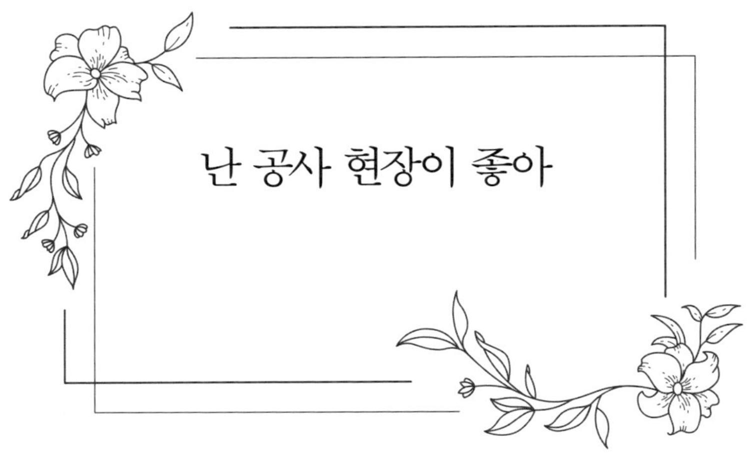

　큰사위가 주말에 교육이 있어 주말 내내 딸네 식구들이 집에 와 있었다. 연속 2주 토요일 아침부터 들이닥쳐 일요일 저녁에 갔다. 게다가 주원이는 팔이 부러져 놀이터에 갈 수도 없다. 주원이 담당인 난 어떻게든 주원이를 데리고 시간을 보낼 방법을 찾아야 했다. 사실 요즘은 다민이보다 주원이 보는 게 훨씬 힘들다. 주문도 많고 질문도 많고 어깃장도 자주 부린다. 집에서 주원이를 보는 건 죽음이다. 그래서 데리고 어딘가를 가야 한다. 그래야 집에 있는 사람들이 조금이라도 편하다.

　토요일 아침에 운동하는데 화영이가 자기 집에 와서 주원이를 데려갔으면 한다는 연락이 왔다. 누구의 명이라고 거부를 하나! 딸네 집에 가니 주원이는 이미 준비를 끝내고 나를 반긴다. 최대한 밖에서 시간을 끌기 위해 동네를 슬슬 산책하다 마을버스를 타고 집으로 왔다. 오는 중간 뜬금없이 주원이가 "할아버지, 무동은 언제 타나요?"라고 묻는다. 무동을 태워달라고 떼를 쓰는 대신 질문형 내지는 권유형으로 작전을 바꾼 것이다. 주원이는 머리를 잘 쓴다. 이 말을 듣고 어떻게 무동을 안 태워줄 수 있는가.

요즘은 둘째 다민이 재롱 보는 재미가 쏠쏠하다. 할머니와 이모는 자주 보지만 난 일주일에 한 번 봐서 그런지 내가 안아주면 나를 열심히 본다. 내 얼굴을 익히려는 것 같다. 정말 그윽하고 사랑스러운 눈빛이다. 난 그때마다 "다민아, 내가 네 할아버지야."라고 말한다. 난 다민이가 나를 보는 장면을 찍고 싶다. 그리고 그 사진에 '이게 사랑이야'란 제목을 붙이고 싶은 충동을 느낀다. 손주들을 보면서 사랑에 관한 생각을 많이 한다. 사랑은 말이 아니라 눈빛이다. 눈빛 그 자체로 모든 말을 하는 것 같다. 원래 인간은 말을 하기 전에 표정으로 커뮤니케이션했다고 하지 않는가.

다민이는 정말 쉽게 잠을 잔다. 먹이고 트림시키고 조금 놀아주다 이부자리에 두면 저절로 잔다. 딸이 처음 그 얘기를 했을 때 난 그 말을 믿지 않았다. 내가 기억하는 한 아이를 재우는 건 정말 힘들다. 온갖 정성을 들여 재워야 한다. 아이가 잘 때까지 허리가 아프게 안아주어야 한다. 잠이 들면 정말 조심해서 내려놓고 살금살금 빠져나와야 한다. 그래도 우리 애들은 귀신같이 눈치채는 바람에 얼마나 많이 좌절했는지 모른다. 근데 눕혀 놓으면 잔다니? 「순간포착 세상이 이런 일이」란 텔레비전 프로에 나갈 일이다.

일요일에 주원이는 새벽 6시에 일어났다. 오마이갓이다. 이른 새벽부터 일어나면 어른들은 어쩌란 말인가. 난 새벽 공부를 포기했다. 도저히 할 수 있는 상황이 아니다. 자꾸 내 방에 들어와 컴퓨터를 끈다. 음악을 틀라 하고 서랍을 뒤지며 이게 뭐냐고 물어본다. 아침을 먹은 후 내가 주원이를 단독 마크하기로 했다. 일단 마을버스에 태워 강남역으로 갔다. 버스를 타면 얌전하고 질문이 없기 때문이다.

강남역에서 내려 걷는데 공사 현장을 발견한 주원이가 소리를 지른다. 거기엔 덤프트럭과 굴착기 등 주원이가 좋아하는 모든 물건이 있었다. 그래도 먼저 스타벅스에 들어가기로 했다. 자기가 좋아하는 수박주스와 딸기주스를 먹기 위해서다. 주스를 마시며 숨을 가다듬은 후 공사 현장에 갔다. 빌딩 마무리 작업을 하느라 온갖 중장비 차가 와 있다. 완전히 주원이 놀이터다. 주원이는 넋을 놓고 그 차들을 본다. 인제 그만 가자고 했으나 고개를 절레절레 흔든다. 거의 한 시간은 있었던 것 같다.

주원이를 보면서 내가 제일 기다리는 시간은 점심 이후다. 주원이의 낮잠 시간이기 때문이다. 엄마와 자야 하는데 그래도 요즘은 나랑 잔다. 낮잠을 재우는 것도 보통 일이 아니다. 주문사항이 많다. 할머니도 와서 누워라, 엄마도 오라고 해라 등등. 또 그냥 자는 게 아니다. 온 동네를 뒹굴뒹굴하다 내 다리 밑에서 잔다. 사실 난 그런 상황조차 눈치채지 못한다. 내가 먼저 곯아떨어지기 때문이다. 달랑 몇 시간 봤는데 기진맥진이다. 애를 보는 건 극한체험이다. 그러다 보니 나도 모르게 바로 잠을 잔다. 불면증 있는 노인에게 치유법으로 육아를 권하고 싶다. 그렇게 힘든 2주가 지났다.

새벽에 일어나 이 글을 쓰는데 또 주원이가 눈에 아른거린다. 다민이가 큰 눈으로 침을 흘리며 나를 보는 모습이 보고 싶다. 이런 걸 보면 나도 정상은 아닌 것 같다.

주원이의 세 번째 생일

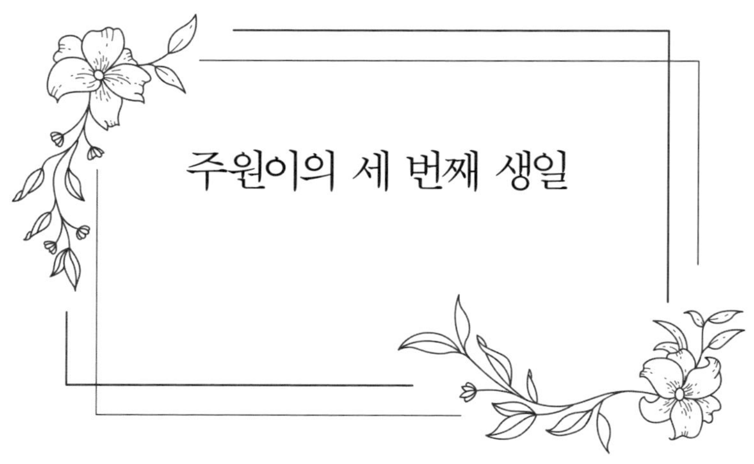

긴 주말을 보냈다. 주원이 동생 다민이가 아빠와 며칠 어디를 다녀올 일이 생겨 주말 내내 우리 부부가 주원이와 시간을 보내야 했다. 첫날 오후는 주원이를 데리고 놀고 목욕시킨 후 재우기만 하면 됐다. 그런데 주원이를 재우는 데 거의 한 시간 반이 걸렸다. 책을 읽어라, 물을 갖고 와라, 엄마는 어디 갔느냐, 다민이가 보고 싶다, 밖에 나가고 싶다 등등. 정말 말도 많고 주문도 많아 재우는 데 진이 다 빠졌다.

다음 날은 애가 새벽같이 기상을 했다. 새벽 5시 반에 주원이가 내 방문을 열고 나타난 것이다. 나를 보고 방긋 웃는다. 아니, 세상에! 무슨 아기가 새벽부터 일어나는가? 새벽부터 할아버지 할머니가 부엌에서 부스럭거리는 소리를 듣고 일어난 것 같다.

지금부터 일어나면 긴 주말을 어떻게 해야 하는가? 난 아찔했다. 아침 공부를 포기하고 간단히 아침을 먹였다. 집에 있는 것보다는 밖에 나가는 것이 유리할 것 같아 주원이를 데리고 외출했다. 외출이라고 해봐야 코로나19 때문에 갈 곳이 마땅치 않다.

일단 소방서를 가서 주원이가 좋아하는 예쁜 이모를 찾았는데 근무하는 날이 아니었다. 지난번 왔을 때도 교육을 다녀와 자고 있다고 해 못 만났다. 주원이가 크게 실망하는 모습이다. 내게 "이모는 아직 잔데?"라고 묻는다. 그렇다고 답하고 소방서를 나와 집으로 가는데 주원이가 갑자기 "할아버지, 굴착기예요!"라고 소리를 지른다. 난 속으로 '이 동네에 웬 굴착기?'라고 생각했다. 근데 주원이 말이 맞았다. 소방서 옆에서 무슨 공사를 하고 있는데 차단막 사이로 굴착기가 보인다. 정말 뭐 눈에는 뭐만 보인다더니. 근데 차단막이 높아 안을 볼 수가 없다. 가만히 보니 소방서 3층에 가면 볼 수 있을 것 같아 관계자에게 양해를 구하고 옥상에 올라가니 공사 현장이 잘 보인다.

주원이가 그리 좋아하는 큰 굴착기가 무려 세 대나 있고 덤프 트럭도 한 대 있다. 나와 주원이는 넋을 잃고 그 광경을 봤다. 근데 세 대의 역할이 다 다르다. 한 대는 흙을 퍼서 아래로 보내고, 다른 한 대는 흙과 콘크리트 잔해물을 채로 쳐서 골라내고, 마지막 굴착기는 콘크리트 사이에 있던 철근만을 자석으로 골라낸다. 나도 굴착기가 이렇게 다양한 역할을 하는 건 처음 본다. 내게도 신기하니 애는 어떻겠는가. 주원이는 넋이 빠져 현장을 뚫어지게 본다. 그때 애가 또 소리를 지른다. "할아버지, 살수차예요!" 몇 달 전 한 번 보고 사랑에 빠졌던 살수차를 드디어 만난 것이다. 그렇게 오매불망 보고 싶어 했던 살수차가 눈앞에 나타난 것이다. 아마 공사 현장의 먼지를 없애기 위해 온 것 같다.

한 시간 넘게 옥상에서 공사 현장을 구경했다. 원래는 놀이터를 거쳐 빵집에 가서 아이스크림까지 먹고 올 예정이었는데 여기서 시간을 너무 지체했다. 점심시간이 다 되어 가는데 굳이 아이스크림을 먹겠다고 고집을 부린다. 간신히 주원이를 달래 놀이터에서 시소만 타고 오기로 했다. 주원이는 착한 애지만 자신이 설득되지 않으면 절대 움직이지 않는다. 그럴 때는 대략 난감이다. 아무리 사소한 일이라도 억지로 하는 대신 말로 설득해야만 한다.

아빠와 동생이 없는 주말 동안 할아버지, 할머니, 이모가 주원이를 지극 정성으로 돌봤다. 하지만 이상하게 주원이 기가 죽어 있는 것 같다. 자꾸 "아빠는 어딨어?" "다민이는 어딨어?"를 반복해서 묻는다. 같은 질문을 하루에도 수십 번은 하는 것 같다. 네 명이 같이 지내다 둘이 안 보이니까 이상한 모양이다. 다음 날 온 가족이 재회한 후 우리 집에 다 모였다. 주원이의 세 번째 생일을 축하하기 위해서다. 고깔모자를 쓰고 촛불을 켜고 풍선으로 장식하고 할머니와 이모가 사 온 선물을 뜯고……. 신난 주원이는 언제 외로웠냐는 듯 좋아서 어쩔 줄 모른다.

그 시간에 난 다민이를 안았다. 다민이는 내가 안아주면 오랫동안 나를 뚫어지게 바라본다. 마치 관세음보살이 중생을 보는 그런 눈빛이다. 내가 제대로 된 인간인지, 자신을 안을 자격이 있는지 심사하는 듯하다. 난 다민이를 안을 때 조심스럽다. 늘 경건한 마음으로 임한다. 그분의 시험을 통과하는 것이 내게는 아주 중요한 과제이기 때문이다. 이번 주도 이렇게 지나갔다.

할아버진 내 거야

코로나19 기세가 세지면서 주원이가 집에서 보내는 시간이 늘어났다. 주말은 물론 주중에도 수시로 들락날락한다. 지난주는 금요일 오후 지인과 얘기하는 도중 '할아버지, 언제 오세요?'란 카톡이 왔다. 아내가 보낸 것인데 할아버지 얘기를 한 것으로 봐서 주원이를 보는 것 같다. 사위가 중요한 약속이 생겨 주원이를 집에 맡기고 간 것 같다. 토요일은 늘 그런 것처럼 아침부터 들이닥쳤다. 근데 늘 가던 소방서에 가기가 께름칙했다. 지난번 그곳에서 공사 현장을 보고 있는데 주원이를 잘 모르는 소방관이 "왜 이곳에 있느냐? 여기 오면 안 된다."라는 얘기를 했기 때문이다. 코로나19로 소방서도 함부로 가기가 미안했다. 게다가 웬 비는 그렇게 오는지…… 정말 갈 곳이 마땅치 않다. 그래도 코에 바람을 좀 쐬어주어야 할 것 같아 밖으로 나왔다. 아내는 나간 김에 뭘 좀 사 오라고 얘기한다.

집 앞 편의점에서 볼일을 보고 나가는데 갑자기 주원이가 격렬히 나를 잡아끈다. 뭔가를 본 것이다. 문 옆에 전시한 조잡한 자동차 스티커다. 그분이 잡는데 어떻게 하겠는가. 당연히 기쁜 마음으로 3,000원을 지불했다. 집에 온 후 스티커를 갖고 노느라 정신이 없다. 그게 뭐가 재미있을까? 참 알다가도 모를 일이다. 요즘은 레고도 잘 갖고 논다. 거실에 가득 레고를 펼쳐놓으면 내가 정신이 없다. 어제는 월요일 오전인데 주원이가 왔다. 아침에 운동을 다녀와 뭐 좀 하려는데 "주원이 왔어요." 하는 소리가 들린다. 주원이 아빠가 운동할 동안 우리 집에 잠시 맡긴 것이다. 이틀 연속 만났지만 서로가 그렇게 반가워할 수가 없다. 오전 공부는 날 샜지만 그게 대수인가. 주원이를 데리고 밖으로 나왔다. 스티커를 사러 가자고 한다. 누구의 명이라고 거절하겠는가. 이번에는 공룡 스티커를 사더니 무동을 태우란다. 주원이를 무동 태워 집으로 돌아왔다.

주원이는 밝고 건강하고 혼자서도 잘 노는데 한 가지 문제가 있다. 배변 활동이 활발하지 못하다. 어릴 때부터 며칠씩 똥을 누지 못해 의사인 매형에게 물어본 적이 있을 정도다. 요즘도 2~3일에 한 번 똥을 누는데 힘들어한다. 똥을 눌 때마다 집안을 깡충 깡충 뛰어다니면서 "아파, 아파, 똥꼬가 아파!" 하며 소리를 지른다. 변비에 좋다는 요플레도 먹이고 똥꼬에 바셀린도 발라주고 하지만 효과가 없다. 이번 주말에는 우리 집에서 두 번이나 볼일을 보면서 그 장면을 지켜봤다. 정말 장관이다. 애는 힘들어하는데 어른들은 재미있어한다. 참 못된 취미다. 주원이가 볼일을 보고 나면 우리 집은 축제 분위기다. 어른들은 힘든 일을 끝낸 주원이를 격려하고 주원이 역시 시원하게 일을 보아 기분이 좋다. 뒤처리는 내 담당이다. 이번에 보니 거의 어른 수준의 똥이다. 변기가 막힐 지경이다. 어떻게 어린아이한테 저런 양의 똥이 나올 수 있을까 신기하다.

요즘은 주원이만큼 다민이가 예쁘다. 다민이는 하루가 다르다. 일주일 만에 봐도 다른 사람 같다. 얼마나 예쁘고 건강한지 모른다. 요즘은 자꾸 일어서려고 한다. 자기가 좋아하는 무언가를 보면 열심히 기어가 기어코 잡아야 직성이 풀린다. 주원이보다 훨씬 적극적이고 집중력이 좋은 것 같다. 나는 가끔 봐서 그런지 볼 때마다 나를 뚫어지게 본다. 문제는 다민이를 함부로 안을 수도 없고 마음껏 애정 표시도 할 수 없다는 것이다. 바로 주원이 때문이다. 주원이는 나한테 집착하는 경향이 있다. 할머니나 이모가 다민이를 보는 건 참지만 내가 다민이와 함께 있는 꼴은 보지 못한다. 내가 잠시 다민이를 무릎에 앉히면 여지없이 자기도 와서 내 무릎에 앉는다. 내가 다민이를 안으면 노골적으로 심술을 부린다. 그래서 둘이 같이 있을 때는 난 다민이와 거리를 두어야 한다. 난 주원이 것이다. 주원이 소속이다.

세상 모든 건 변한다. 나도 변하고 주원이도 변할 것이다. 지금은 주원이가 내게 집착하지만 이런 날이 얼마나 가겠는가. 조만간 오라고 해도 오지 않을 수 있다. 미래에는 내가 주원에게 집착할 수도 있다. 만약 주원이가 나를 모른 척하면 난 지금 이 글을 증거로 제출할 예정이다. 한때 네가 나한테 그리 집착했노라고. 그때 주원이는 어떤 표정을 할까? 생각만 해도 흐뭇하다.

그녀와의 뜨거운 주말

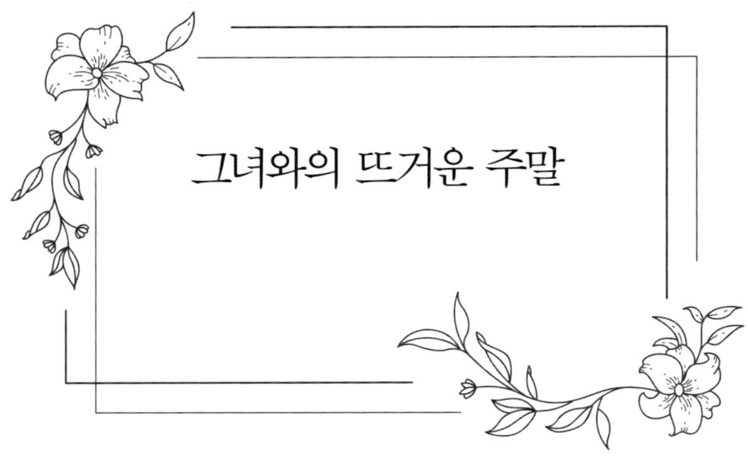

　지난 주말 난 그녀와 뜨거운 이틀의 시간을 보냈다. 손녀 다민이 얘기다. 딸네 부부가 주원이를 데리고 제주에 이틀 동안 갈 일이 생겼다. 그런데 10개월 다민이까지 데리고 가는 것은 무리라고 생각해 우리 부부가 봐주기로 했기 때문이다. 사실 난 의사결정 과정에 전혀 참여하지 못했다. 아내로부터 일방적으로 이번 주말에는 아무런 약속을 하지 말라는 통보를 받았다. 하지만 토요일 이른 시간에 미리 잡혀 있던 강의는 어쩔 수 없었다. 새벽 6시 반쯤 나갔다 10시쯤 총알같이 집에 왔다.

　집에 오니 다민이는 잠을 자고 있고 아내는 여유가 있었다. 얼마 후 다민이가 일어나면서 우리 부부의 주말 육아가 시작됐다. 다민이는 부승부승하다. 거의 징징대지 않고 혼자 잘 논다. 먹는 것과 잠자는 것 정도를 챙기면 어른이 할 게 별로 없다. 아내가 다민이 우유와 이유식을 준비할 동안 내가 데리고 노는데 별로 할 게 없다. 혼자 너무 잘 놀기 때문이다. 거실에 앉혀 놓으면 찍 소리 없이 이것저것 만지면서 논다. 다민이가 특히 좋아하는 게 있다. 운동하는 폼롤러, 봉걸레, 청소하는 찍찍이가 그것이다. 내가 봉걸레로 마루를 닦고 있으면 그걸 잡아보겠다고 침을 질질 흘리면서 기어온다. 뭐든 손에 잡히면 다 입으로 들어간다.

내게 이번 주말은 중요했다. 다민이에게 점수를 딸 찬스이기 때문이다. 아내는 수시로 딸네 집에 가서 다민이와 시간을 보낸다. 더 이상 점수 딸 필요가 없다. 난 다르다. 난 아직 다민이에게 낯선 존재다. 그래서인지 다민은 수시로 나를 뚫어지게 쳐다본다. 내가 안으면 고개를 뒤로 한 채 나를 바라본다. 마치 내가 자신을 안을 자격이 있는지 심사하는 것 같다.

목욕은 당연히 내가 시키지만 그보다 먹이는 일에 적극적으로 참여하기로 했다. 이유식을 몇 번 먹였는데 얼마나 잘 받아먹는지 모른다. 정말 제비 새끼가 어미 새가 물어온 먹이를 받아먹는 것 같다. 숟갈을 갖다 대면 입을 크게 벌리고 받아먹는데 그 모습이 얼마나 예쁜지 모르겠다. 먹는 모습만 봐도 배가 부르다는 느낌이 이럴 것이다. 그뿐이 아니다. 먹는 중간중간 수시로 고개를 옆으로 숙이며 재롱을 떤다. 밥을 먹여주어서 고맙다는 나름의 표시다. 정말 온몸이 녹는 것 같다. 난 이번 주말에 여러 번 녹았다.

다민이는 생체리듬이 정확하다. 6시쯤 일어나고 일정한 시간에 우유와 이유식을 먹고 낮잠을 잔다. 똥도 낮잠 자기 전 일정한 시간에 쌌다. 똥 싸는 것도 귀엽다. 힘을 주는 모습이 얼마나 귀여운지 모른다. 똥을 싸면 아내가 물휴지로 대충 닦고 내가 목욕탕에서 밑을 닦아준다. 이유식을 먹어서 그런지 양도 많고 냄새도 제법 난다. 그런 다민이가 이틀간 두 번 울었다. 저녁을 먹고 재우러 들어간 안방에서 크게 우는 소리가 들렸다. 심상치 않아 들어가 보니 뭔가 서러운 것 같다. 엄마 생각이 난 것 같다. 내가 다민이를 안고 토닥토닥하니 진정됐다. 말을 못 해 그렇지 뭔가 나름의 감정이 있는 것 같다. 다음 날 오전에 밥을 먹고 놀다 낮잠 자려는데 또다시 울음을 터트렸다. 근데 어제저녁과는 우는 게 완전히 다르다. 서러워 우는 게 아니라 억울해서 우는 것 같다. 더 놀고 싶은데 왜 재우냐는 항의의 울음 같았다.

다민이는 예정일보다 한 달쯤 일찍 태어나 인큐베이터에 있었다. 상반신을 벗고 눈을 가린 채 인큐베이터 속에 누워 있던 다민이를 본 게 첫 만남이었다. 너무 가여워 눈물이 났다. 그때 난 다민에게 너를 꼭 안아주고 지켜주겠다고 결심했다. 하지만 그 약속을 제대로 지키지 못했다. 주원이 눈치를 보느라 그녀에 대한 내 사랑을 온전히 표현하지 못했다. 주원이가 한눈팔 때 잠깐 그녀와 눈을 마주치거나 안아주는 걸로 만족해야 했다. 그런데 지난 이틀간 모든 회포를 풀었다. 실컷 안아보고 수시로 머리에 코를 박은 채 냄새를 맡았다. 같이 누워 잠을 자고 눈을 마주치며 밥을 먹었다. 같이 벗고 목욕탕에서 살도 비벼댔다. 주원이처럼 다민이도 다정하다. 사랑이 넘치고 그 사랑을 수시로 표현한다. 고개를 옆으로 갸우뚱하고 머리를 맞댄다.

날씨가 너무 좋은 10월의 주말이었지만 우리 부부는 단 한 발자국도 집 밖으로 나가지 못했다. 나갈 수도 없었고 나가고 싶지도 않았다. 하지만 너무나 충만한 시간이었다. 천사와 함께 천국에서 놀다 온 시간이었다. 이 글을 쓰고 있는데 또 다민이가 보고싶다.

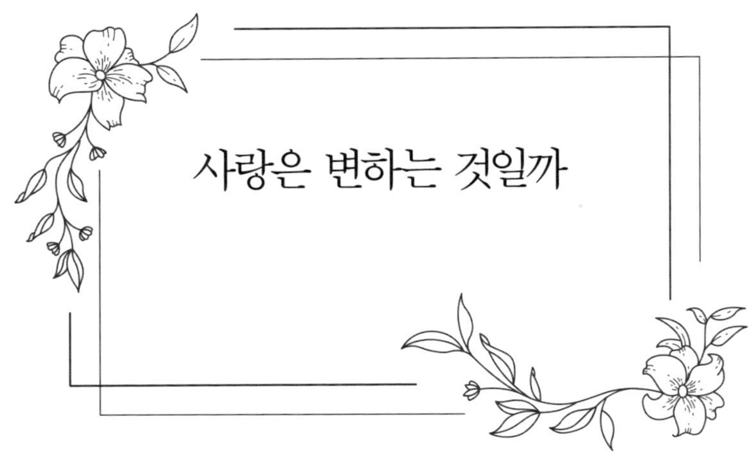

사랑은 변하는 것일까

주원이와 뜨겁게 사랑했는데 요즘은 그 사랑이 다민이에게 옮겨가는 걸 느낀다. 하루가 다르게 다민이가 변하고 있다. 이목구비가 점점 또렷해지면서 예뻐진다. 다리 힘이 좋아져 무언가를 잡고 자꾸 일어서려고 한다. 곧 걸을 지경이다. 겁이 많아 계속 걷지 못하고 중간에 주저앉는 수준이다. 눈도 초롱초롱해지고 애교도 늘고 자기 의견도 뚜렷해졌다. 문제는 주원이와는 달리 점점 낯을 가린다는 것이다. 아내처럼 거의 매일 다민이를 보는 사람은 별문제가 없지만 나처럼 드문드문 보는 사람에게는 경계 태세를 취한다.

지난주에 내게도 그런 일이 일어났다. 아내와 함께 딸네 집을 잠시 들렀는데 아내에게는 반색한 다민이가 나를 보곤 거의 울려고 했다. 아내 뒤에 숨어 나올 생각을 하지 않는다. 한동안 뚫어지게 나만 보는데 그냥 보는 게 아니라 용의자를 보는 눈으로 나를 본다. 포식자를 겁내는 초식동물의 눈빛이다. 조금 시간이 흐르고 낮이 익숙한 상태에서 간신히 다민이를 안았는데 안겨서도 자꾸 나를 올려다본다. 미덥지 않은 것이다. 섭섭하긴 했지만 어쩔 수 없는 일이다. 하지만 이 상태로 계속 지낼 수는 없었다. 뭔가 변화가 필요했다. 다민이의 환심을 사야 했다.

그다음 날이 토요일이고 매주 토요일은 딸네 부부가 종일 우리 집에 와서 지낸다. 작은딸까지 오기 때문에 토요일은 우리 부부에게 아주 바쁜 날이다. 거의 쉴 틈이 없다. 오전 9시는 다민이 취침 시간인데 사위 대신 내가 다민이를 재우러 들어가겠다고 자청했다. 사실 다민이를 재우는 데는 힘이 들지 않는다. 그냥 방에 놔두고 나와도 혼자 잘 잔다. 최근에는 조금 찡찡대기 시작했지만 예전 우리 애들보다는 훨씬 수월한 편이다. 사실 다민이보다는 나를 위해, 다민에게 점수를 따기 위해 둘만의 시간을 갖기로 한 것이다. 어제보다는 덜 낯을 가리지만 그렇다고 완전히 자기 마음을 준 것 같지는 않다. 아직도 시험 기간이다.

내가 안고 방에 들어갔다. 내가 눕자 내게 기대 내 눈을 만지고 한참 들여다본다. 이어 내게 기댔다. 잠시 후 다민이 심장의 움직임이 느껴졌다. 심장과 심장이 만나는 시간이다. 평화로움의 극치다. 잠시 시간이 흘렀고 다민이의 쌕쌕거리는 숨소리가 났다. 다민이가 잠든 걸로 착각한 내가 스마트폰을 확인하는 순간 다민이가 벌떡 일어나 나를 본다. 마치 나를 놀리는 것 같다. '내가 자는 줄 알았지롱'이란 그런 표정이다. 깜짝 놀란 내가 다시 자는 척을 했다. 실눈을 뜨고 봤더니 나를 뚫어지게 바라본다. 나름 이게 무슨 상황인지 확인하는 것 같다. 난 다민이를 안고 깜빡 잠이 들었다.

그때 아내가 나를 조용히 불렀다. 주원이를 데리고 놀라는 사인이다. 사실 내가 다민이와 노는 건 주원이에겐 아주 못마땅한 일이다. 자기에게 충성해야 할 할아버지의 배신 행동이기 때문이다. 몽롱해진 정신을 추스르고 주원이를 데리고 밖으로 나갔다. 마침 날씨도 푸근해 놀기에 좋았다. 요즘은 자전거 타기 전에 타는 스트라이더란 걸 잘 탄다. 오랜만에 놀이터에 갔는데 한 달 전 주원이가 아니다. 더 잘 기어오르고 더 잘 뛴다. 의사 표현도 명확하다. 못 하는 말이 없다. "도전해보자." "분해해 보자." "열심히 하자." 같은 단어를 구사하는데 도대체 이런 말을 어디서 배웠는지 신기할 따름이다.

점심을 먹은 후에는 주원이는 나랑 낮잠을 자는데 늘 내가 먼저 잠이 든다. 몇 시간 아이들과 놀면 정신이 혼미해지기 때문이다. 일찍 잠든 내가 먼저 일어나서 자는 주원이를 보면 그렇게 평화로울 수 없다. 이게 바로 천사란 생각이다. 이어 다민이와 주원이를 차례로 목욕시키는 게 내 중요한 역할이다. 지난번에는 다민이가 목욕탕에서 울려고 했는데 이번에는 몇 번 봤다고 방긋방긋 웃으면서 잘 논다. 사실 목욕이랄 것도 없다. 이것저것 만지고 빨 동안 잽싸게 머리를 감기고 몸을 닦아 내보내면 된다. 이어 주원이가 들어온다. 오히려 주원이를 목욕시키는 게 힘들다. 요구사항이 많기 때문이다. 수시로 물을 내게 끼얹고 샤워기로 목욕탕을 물 천지로 만든다. 그래도 그렇게 예쁠 수 없다.

저녁까지 먹은 후 애들은 각자 자기 집으로 간다. 나와 아내는 뒷정리한다. 이부자리, 책, 레고, 장난감에다 옷까지 정리하면 거의 30분은 걸리는 것 같다. 마지막으로 환기를 하면 비로소 토요일이 끝난다. 애들을 보낸 후 아내와 산책하는데 또 애들 얘기를 한다. "여보, 다민이가 많이 컸지요? 어쩌면 하루가 그렇게 다를 수 있어요? 주원이는 말을 너무 잘해요. 도대체 그런 단어를 어디서 배운 걸까요?" 그렇게 종일 애들과 붙어 지냈으면서 애들이 간 후 또 손주들 얘기를 한다. 이런 걸 보면 우리가 할머니 할아버지인 건 틀림없는 사실이다. 세월은 흐르고 난 그렇게 할아버지가 되고 있다.

다민이의 첫 번째 생일

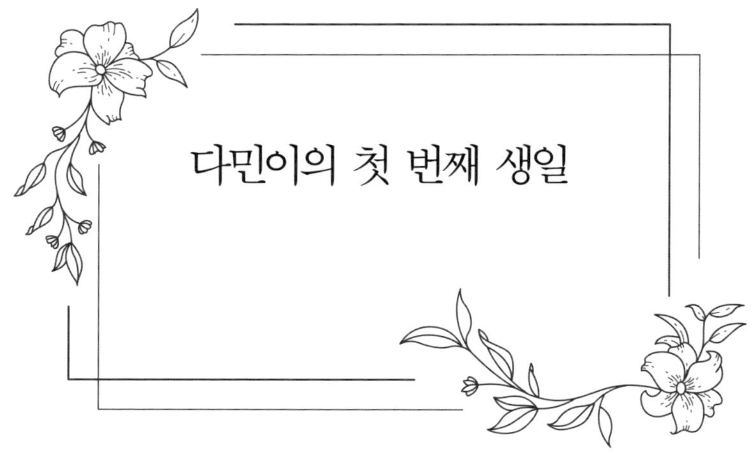

몇 년 전부터 구정 대신 신정을 지내기로 했다. 첫째 이중과세
란 생각 때문이다. 난 1월 1일이 실질적인 새해라고 생각한다. 달
력이 바뀌고 연도가 달라지고 전 세계 모든 사람이 그날을 축하
한다. 우리도 물론 축하하지만 내심 '우리의 진짜 설은 지금이 아
니고 구정이거든.'이란 게 난 맘에 들지 않는다. 일제강점기 때도
구정을 지냈다는 게 무슨 자랑일까? 신정을 지내고 또 구정을 지
내는 건 낭비다. 두 번이나 "새해 복 많이 받으세요."란 소리를 듣
는 것도 지겹다. 둘째, 시간이 너무 아깝다. 요즘 같은 시대에 명
절이 뭐 그리 중요하다고 두 번이나 지내는가. 긴 연휴에 고향에
간다고 그리 고생하는 것도 맘에 들지 않는다. 물론 가끔 고향에
가는 사람들은 다르지만 나같이 어머님이 가까이 계셔 수시로 들

락거리는 사람에게 새해가 두 번인 건 낭비다. 또 결혼한 자식들에게 쓸데없는 부담을 주기 싫다. 신정을 간단히 지내고 구정은 각자 알아서 시간을 보내라고 했다. 근데 다민이가 작년 1월 4일에 태어나면서 신정을 지내야 할 이유가 하나 더 늘었다. 따로따로 하면 아내와 딸을 잡을 것 같았다. 난 명절이 우리를 위해 존재하지, 우리가 명절을 위해 존재하면 안 된다고 생각한다.

어제는 2021년 새해 첫날이다. 가장 먼저 일산에 혼자 사시는 어머님 집에 세배하러 갔다. 코로나19로 4명 이상 모이지 말라고 해서 동생에겐 나중에 따로 오라고 하고 아내와 둘이 갔다. 차를 타고 가는데 어머님이 전화하신다. 오늘 오는 걸 확인하기 위한 전화다. 아내는 점심을 같이 먹자고 했는데 어머님은 아침으로 착각하셨던 것 같다. 아내는 항상 어머님이 좋아하는 미역국과 각종 먹을 걸 바리바리 싸 들고 간다. 어제도 그랬다. 외식보다는 집에서 식사하는 게 좋을 것 같아 과메기와 만두전골을 사 왔다.

몇 년째 어머님은 가벼운 경도성 치매를 앓고 계셔 깜빡깜빡하시지만 혼자 사시는 데는 별문제가 없다. 오히려 쓸데없는 기억이나 걱정이 없어 삶의 질은 좋아진 것 같다. 예전에는 화도 잘 내시고 섭섭한 것도 많아 자식들이 힘들었는데 요즘은 늘 행복하고 친절하시다. 최근에는 어머님이 화내시는 걸 본 적이 없다.

늘 고맙다고 얘기하신다. 예전부터 어머님에게 난 최고의 아들이었는데 요즘 들어 그 증세가 더 심해지신 것 같다. 90 노모가 60 넘은 아들 손을 잡고 "너 같은 아들을 두어 너무 좋다."라고 고백하신다. 사실 그 말은 나보다는 아내가 들어야 한다. 난 별로 하는 게 없다. 어머님은 일만 생기면 아내를 찾는다. 누나도 있고 둘째 부부도 있지만 어머님에겐 나와 아내가 전부다. 좋기도 하지만 사실 부담이다. 그래도 어머님을 뵙고 나면 홀가분하다. 뭔가 큰일을 한 느낌이다.

1월 4일생인 다민이의 돌을 1월 2일 우리 집에서 하기로 했다. 원래는 괜찮은 식당을 빌려 하면 좋은데 코로나19 때문에 어디를 갈 수가 없다. 아침부터 딸네 식구들이 들이닥쳤다. 한 주 만에 다민이가 부쩍 컸다. 얼굴도 말개졌다. 정말 아기들은 하루가 다르다. 잠시 안아주다 내가 자진해서 다민이를 재우러 들어갔다. 지난주처럼 다민이는 내게 손가락을 내밀고 재롱을 떨다 잠이 들었다. 다음은 주원이 차례다. 아내와 딸은 다민이 돌상을 차리느라 바쁜데 주원이는 만지려고 하고 딸애는 하지 말라고 야단을 쳐서 정신이 없다. 이럴 때는 주원이를 데리고 밖에 나가는 게 상책이다. 날씨는 좀 춥지만 날씨가 뭐 대수인가. 마침 내가 사준 최신형 굴삭기를 손에 든 주원이가 모래밭에 가자고 나를 조른다.

우리는 완전무장을 하고 놀이터에 갔다. 난 스트레칭을 하고 주원이는 모래를 갖고 노느라 정신이 없다. 근데 날이 추워 오래 견딜 수가 없다. 집에 돌아오니 거의 준비가 끝난 것 같다. 상에는 각종 떡과 과일, 케이크와 꽃이 있고 뒤에는 해피 버스데이 Happy Birthday라는 글자가 반짝거리며 붙어 있다. 한복을 입은 다민이와 주원이가 예쁘다. 온 가족이 사진을 찍고 나와 아내도 다민이를 안고 사진을 찍었다. 아주 짧은 시간에 식은 끝나고 식사 시간이다.

내가 화이트 와인을 한 잔씩 따라주면서 사위에게 소감을 물었다. 딸 표현에 따르면 다민이는 아빠의 딸이다. 그만큼 엄마보다는 아빠가 다민이 육아에 많은 시간과 정성을 쏟기 때문이다. 사위는 거꾸로 딸들 결혼시킬 때 눈물 나지 않았는지 내게 물었다. 내가 답도 하기 전에 딸들이 "우리 아빠는 쿨해서 눈물은 흘리지 않아."라고 답한다. 사실 난 슬프지 않았고 눈물을 흘릴 이유가 없었다. 난 이렇게 답했다. "물론 사위들이 맘에 들지 않았으면 그럴 수도 있었겠지만 난 두 사람이 다 맘에 들어 오히려 기쁘고 홀가분했다."라고 답했다. 진심이다.

어머님을 찾아뵙고 매주 딸들이 오고 돌상을 우리 집에서 차리고 종일 온 가족이 야단법석을 치다 가는 건 힘든 일이다. 코로나19로 어디 갈 데도 없는 지금 같은 때는 더욱 그렇다. 나도 남들처럼 주말에 우아하게 영화를 보고 아내와 외식이나 했으면 할 때도 있다. 하지만 난 지금 이런 시간이 좋다. 너무 맘에 든다. 그들 덕분에 집안청소를 하고 장을 보고 손주들 옷과 장난감을 사러 다닌다. 만약 내가 결혼하지 않았다면, 딸들을 낳지 않았다면, 사위들이 없었다면, 손자와 손녀가 없었다면 어땠을까? 별로 생각하고 싶지 않다. 우리를 힘들게 하는 것이 사실은 우리 존재의 이유다. 딸들이 우리를 힘들게 하지만 사실 딸들 덕분에 내가 존재하는 것이다. 우리 집의 막내 다민이에게 첫 번째 편지를 보낸다.

"다민아, 첫 번째 생일을 축하한다. 무럭무럭 자라라. 할아버지가 너를 지켜줄게."

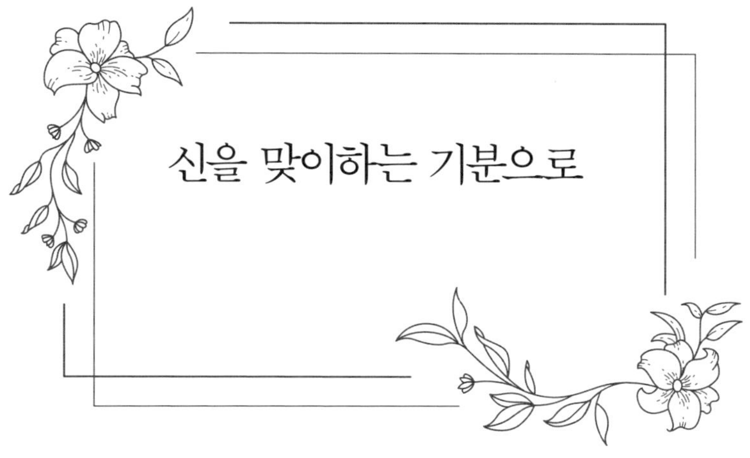

신을 맞이하는 기분으로

내가 사는 아파트는 옛날 아파트라 조금 추운 편이다. 아내와 둘이 지내는 데는 상관없지만 어린 손주들이 오면 문제가 된다. 집 안에서도 온도 차이가 있다. 바깥과 마주한 거실과 서재와 안방은 조금 춥지만 안쪽에 있는 방 둘은 따뜻하다. 아이들이 오는 토요일을 대비해 금요일 저녁마다 우리 부부는 손주들을 맞이할 준비를 한다.

일단 따뜻한 방을 천사용으로 꾸민다. 마음대로 뒹굴어도 상관 없게끔 요를 세 개나 펴고 이불도 몇 개나 꺼내 놓는다. 정성스럽 게 이불을 펴고 거기에 큰 쿠션과 작은 쿠션을 몇 개 갖다 놓는 다. 방해가 될 만한 물건은 밖으로 옮겨 놓고 장난감은 거실로 옮 겨 놓는다. 준비하는 게 보통 일이 아니다. 아내의 지시가 떨어지기 전에 잽싸게 해야 한다.

토요일 아침 8시 반은 천사들이 오는 시간이다. 주원이는 늘 의기양양하게 들어온다. 절대복종하는 할아버지와 할머니가 있기 때문이다. 최근 들어 주원이의 요구사항이 많아졌다. 꽤 많이 사 줬는데도 아직 사고 싶은 게 지천이다. 특히 자동차, 굴삭기, 소방차는 도대체 몇 개인지 모를 지경이다. 하지만 계속 카탈로그 같은 걸 보고 이것저것 닥치는 대로 사달라고 요구한다. 주중에도 몇 번이나 딸네 집에 가는 아내는 주원이의 요구가 은근히 스트레스인 것 같다. 빈손으로 갔다 주원이가 실망하는 모습을 보기 힘든 것이다. 그래서 인터넷으로 주문도 하고 나랑 같이 백화점에서 사기도 한다.

어제도 집에 들어서자마자 주문한 거 왔냐고 할머니에게 묻는다. 아내는 자랑스럽게 준비한 지게차를 꺼낸다. 핸들을 돌리면 지게차가 오르락내리락하는 제법 괜찮은 물건이다. 조금 갖고 놀다 지루해지면 그림을 그려 달라고 요구한다. 예전에는 자동차를 그리라고 하더니 요새는 백설공주 같은 어려운 인물화를 요구한다. 다행히 나와 할머니는 그림 쪽에 소질이 없는 걸로 판명돼서 그림은 주로 이모 담당이다. 가끔은 내게 책을 갖고 와서 읽으라고 한다. 예전과는 달리 제법 장편이라 읽는 것도 보통 일은 아니다. 덕분에 『알리바바와 40인의 도둑』을 비롯해 몇 권의 책을 읽었는데 제법 재미있다. 사실 기억이 가물가물해 전체 내용을 알 수 없었는데 주원이 덕분에 책 내용을 잘 알게 됐다. 책 읽기가 지루해지면 레고를 하자고 한다. 자꾸 내게 뭘 만들 거냐고 묻는데 사실 난 아무 생각이 없다. 하고 싶지도 않지만 그런 내색을 할 수는 없다.

어제는 처음으로 '젠가Jenga'라는 게임을 시도했다. 나뭇조각을 쌓아 놓고 교대로 하나씩 뽑는 게임인데 자기가 뽑을 때 무너지면 지는 것이다. 근데 아직 주원이에게는 무리인 것 같다. 간신히 쌓았는데 손으로 확 무너뜨려 파투를 냈다. 그리고 엉뚱하게 양갱을 달라고 한다. 지난주에 처음 양갱을 먹었는데 젠가란 말을 들은 순간 양갱이 연상된 모양이다. 주원이는 깔끔하다. 흐트러진 모습을 싫어한다. 그래서 집안정리를 좋아한다. 특히 집에 갈 무렵 나와 같이 이불을 개서 넣는 걸 좋아한다. 「천하장사 중장비」란 노래의 가사인데 "나는 나는 포크레인 무엇이든 들 수 있어"를 씩씩하게 부르면서 얼마나 열심히 하는지 모른다. 사실 전혀 도움은 되지 않지만 그런 티를 낼 수는 없다.

아이들과 놀아주는 것도 힘든 일이지만 아이들이 간 후에는 대대적인 청소가 필요하다. 우선 환기를 해야 한다. 애들이 있을 때는 추울까 봐 문을 꼭꼭 닫았기 때문이다. 애들 물건으로 엉망진창인 집의 모든 물건을 원위치에 두어야 한다. 레고, 자동차,

아이용 식탁 의자, 각종 옷과 가재 수건 등등 한두 개가 아니다. 설거지도 해야 하고 목욕탕도 정리해야 한다. 바닥도 닦아야 한다. 근데 이상하게 청소하면 기분이 좋아진다. 더러웠던 집 안을 정리하는 과정이 도를 닦는 과정이란 생각이 든다. 아이들 물건을 정리하면서 다시 한번 천사들을 생각한다. 다민이가 물고 빤 인형을 보면 나도 모르게 미소를 짓는다. 주원이가 두고 간 장난감을 보면서 주원이를 생각한다. 그러다 문득 이런 생각이 들었다. 만약 아이들이 오지 않고 우리 둘만 산다면 어떨까? 집 안을 어지르는 사람이 없으니 청소할 일은 없을 것이다. 청소하지 않으니 편할 것이다. 하지만 별로 행복하지 않을 것 같다.

매주 손자들이 오는 건 힘든 일이다. 하지만 기쁜 일이다. 덕분에 부지런히 일하게 된다. 천사를 위해 청소하고 음식을 준비하고 장난감도 준비한다. 돈도 들고 에너지도 들지만 사는 맛이 난다. 천사들을 보낸 후 뒷정리하는 일도 힘은 들지만 보람이 크다. 사실 난 게으르고 더러운 사람이다. 청소와는 담을 쌓고 살았던 사람이다. 그런 내가 손자들과 시간을 보내면서 달라지는 걸 느낀다. 난 더러워도 되지만 천사들을 돼지우리에서 놀게 할 수는 없기 때문에 열심히 쓸고 닦는다.

난 버즈의 「턴! 턴! 턴!」이란 노래를 좋아하는 데 가사가 대충 이런 내용이다. "모든 일에는 때가 있다. 태어날 때가 있으면 죽을 때가 있고, 심을 때가 있으면 거둘 때가 있다. 죽일 때가 있으면 살릴 때가 있다." 어지를 때가 있으면 치울 때가 있다. 지금은 주원이가 어지르지만 나중에 주원이 역시 자식과 손주를 위해 치울 때가 있으리라. 그때 이 글을 읽었으면 좋겠다.

인간의 본질

　한 달 가까이 주말에 일정이 많아 주원이와 다민이를 제대로 보지 못했다. 이러다 손자들이 나를 잊지 않을까 조금 걱정이 됐다. 그래서 주중에 아내가 이유식을 갖고 갈 때 따라가 봤다. 주원이는 별 상관이 없는데 아직 어린 다민이는 나를 경계하는 게 역력하다. 나만 뚫어지게 본다. 어디서 본 사람 같긴 한데 누군지 기억을 떠올리는 것 같다. 민망할 정도로 나만 본다. 내가 안아주어도 고개를 270도 돌려 나를 올려다본다. 낯익은 할머니를 보자 손을 내밀어 자신을 구출해 달라고 손짓한다. 아이들은 자신을 사랑하는 사람, 자신에게 시간을 많이 투자하는 사람을 귀신같이 알아본다. 난 이미 아이들 우선순위에서 완전히 밀려났다.

　마침내 일정이 없는 주말이다. 우리 아파트는 벚꽃이 만개했고

3층에 사는 우리 집은 그야말로 꽃 대궐이다. 거실 창밖도 그렇고 내 서재도 창으로 벚꽃이 넘어올 지경이다. 그제 우연히 꽃집에서 3만 원 주고 꽃을 한 다발 사 왔는데 창밖에 활짝 핀 벚꽃의 가치를 돈으로 환산하면 얼마나 될까? 제법 돈이 될 듯하다. 1년에 일주일만 그런 것이 못내 아쉽다.

아침 운동을 다녀오니 우리 천사들이 다 집을 차지하고 있다. 오랜만에 나를 본 주원이는 환호성을 지르고 다민이도 나름 반가운 표시를 한다. 잠시 아이들을 안아주는데 아내가 내게 주원이 머리를 잘라야 한다며 미장원에 데려가라고 한다. 10시 반 예약을 했다는 것이다. 그때까지 기다릴 것도 없어 조금 일찍 집을 나섰다. 주원이를 본 미장원 언니들은 반가워 어쩔 줄 모른다. "너무 귀여워. 귀엽지 않니?" 하면서 저마다 얘기를 붙이려고 노력한다. 근데 주원이는 요지부동이다. 전혀 반응을 보이지 않는다. 나랑 친한 두경 씨가 집요하게 말을 붙이는데 주원이는 거의 답하지 않는다. 몇 살이냐는 질문에 손을 펴서 다섯 살이란 걸 표현한 게 반응의 전부다. 내가 "주원이는 미인에게만 반응을 해요."라고 농담했다.

머리를 자르기 전 구석에 자리 잡고 기다리는 동안 주원이가 내 옆에 찰싹 들러붙어 있다. 꼼짝도 하지 않고 미장원 구석구석을 관찰할 뿐이다. 주원이가 좋아하는 주스를 받았지만 별로 반

가워하지도 않는다. 먹으라고 하니 마스크를 벗고 입만 댄다. 내
가 "왜?"라고 묻자 "맛만 보려고."라고 답한다. 다섯 살 애가 하기
엔 너무 세련된 말이다. 맛만 보려고? 생각만 해도 웃긴다. 어떻
게 그런 표현을 쓸 수 있을까? 주원이는 언어 능력이 아주 발달
했다. 원래 주원이는 미장원을 정말 싫어했다. 하도 울고불고 난
리를 쳐서 몇 사람이 붙어야만 머리를 자를 수 있었다. 요즘은 달
라졌다. 자신이 좋아하는 『타요』란 프로를 볼 수 있기 때문이다.

자기 집에 있을 때의 주원이와 우리 집에서의 주원이는 완전
히 다르다. 다른 아이가 된다. 혼자 있을 때의 주원이와 할아버
지 할머니가 있을 때의 주원이는 같은 주원이가 아니다. 특히 밥
을 먹을 때가 그렇다. 얌전하던 주원이는 어디로 가고 천방지축
주원이가 있을 뿐이다. 말을 그렇게 안 들을 수 없다. 날뛰는 주
원이와 그런 주원이를 야단치는 딸의 큰 목소리가 집 안을 쩌렁
쩌렁 울린다. 할 수 없이 점심을 먹은 후 주원이를 데리고 가까운
찻집에 가서 핫초코를 시켜줬다. 다시 조용한 주원이가 됐다. 거
의 마시지를 않고 주변만 살핀다. 내 옆에 찰싹 붙어 있다. 비 올
때 신으라고 장화를 사 줬지만 오고 가는 내내 나보고 안으라고
명령한다. 무겁긴 하지만 그런 변명 따윈 통하지 않는다. 명령에
복종할 따름이다.

오늘 하루 주원이를 보면서 우리 집에 도도히 흐르는 유전자

를 재발견했다. 60년 전 내 모습 그대로다. 내가 바로 그랬다. 엄마의 치마 끝을 붙들고 절대 놓지 않았다. 별명도 아낙군수다. 안에서만 활개를 친다는 의미다.

최근 야마구치 슈와 구스노키 겐의 공저 『일을 잘한다는 것』을 읽었다. 그중 채용에 관한 부분이 인상적이다. 그 사람이 어떤 사람인지도 중요하지만 그 사람이 일하게 될 맥락을 먼저 살펴야 한다는 것이다. 낯선 사람을 자주 만나는지, 루틴한 일을 꾸준히 하는 환경인지, 갈등 상황을 해결해야 하는 상황인지 등등. 그리고 그 맥락에서 그 사람의 행동 패턴을 봐야 한다는 것이다. 난 주원이를 보면서 그런 생각을 한다. 낯선 환경에서는 그렇게 얌전할 수 없다. 하지만 할아버지와 있으면 천방지축이다. 집에서 자기 아빠와 둘이 있으면 그런대로 말도 잘 듣고 괜찮다고 한다. 그럼 주원이의 본질은 무엇일까? 나는 어떨까? 정해진 본질보다는 그가 처한 상황에 따라 달라지는 게 인간 아닐까? 주원이를 보면서 든 생각이다.

태교여행

큰딸 화영이에 비해 작은딸 지연이에게는 미안한 게 몇 가지 있다. 첫째, 처음 1년 반을 직접 키우지 못한 것에 관한 미안함이다. 유학 중인 우리 부부에게 애 둘은 무리였다. 할 수 없이 장모님이 내가 사는 애크런까지 오셔서 산후조리를 도와주셨고 귀국길에 지연이를 데려가서 키워주셨다. 처음에는 우리 집에 맡겼는데 아버님이 병이 나는 바람에 나중에는 처가 집에서 애를 봐주셨다. 당시 결혼 안 한 처남들이 있어 애 볼 사람이 많아 무지막지한 사랑을 받고 지냈던 것 같다. 귀국해서 한동안 밤만 되면 할머니 집에 가겠다고 울고불고 난리를 쳤다. 그래서인지 지연이는 할머니 할아버지에 대해 남다른 감정을 품고 있고 처가 식구들도 지연이에 대해서는 다른 느낌을 느끼는 것 같다. 세상에 지연이처럼 순하고 말 잘 듣는 아기는 처음이란 얘기를 한다.

둘째, 고등학교 2학년 때 갑자기 미국 유학을 보냈다. 그로 인해 7년간 떨어져 지내야 했다. 물론 중간중간 지연이가 한국에 오든지, 우리가 미국에 가긴 했지만 그래도 떨어져 지내야만 했다. 외로움을 많이 타는 지연이에게 사실 유학은 무리였다. 전혀 준비되지 않았는데 지인 중 한 사람이 미국으로 들어가면서 지연이를 자신이 데리고 가겠다고 했기 때문에 내린 결정이었다. 그렇게 부모를 밝히는 애를 어떻게 7년간 떨어져 지내게 했을까? 지금 생각하면 무모했고 그로 인해 지연이에게는 늘 미안한 마음이 든다.

한 번도 부모와 떨어져 지내지 않은 큰애에 비해 작은애는 이 래저래 부모와 자주 떨어져 지내야 했다. 이는 결혼해서도 마찬 가지였다. 큰애는 바로 옆 아파트에 사는데 지연이는 결혼 후에 조금 떨어진 동네에서 살게 됐다. 그래 봤자 차로 30분 거리다. 결혼 후에 큰애는 바로 아기가 생겼는데 이상하게 둘째는 애가 생기지 않아 몇 년 고생하다 최근에 생겼다. 당시 아내의 바람은 오직 하나 지연이의 임신이었다. 사돈댁도 내색은 안 했지만 꽤 아기를 기다렸던 것 같다. 태명을 찰떡이로 지었다. 찰떡이의 등 장은 양가에겐 큰 축복이고 선물이다. 오매불망 기다리던 일이 이루어지자 아내는 지연이를 집중적으로 관리하기 시작했다. 그렇지 않아도 자식 일이라면 자신을 돌보지 않는 아내다. 매일 집으로 불러 음식을 챙겨주는 건 기본이고 매일 같이 산책 다닌다. 매일 서로 일정을 확인하고 거의 붙어 지내다시피 한다.

어느 날 아내가 지연이 태교 여행 얘기를 꺼냈다. 큰애는 삼척 등으로 태교 여행을 다녀왔는데 지연이도 좀 해야 하지 않겠냐는 것이다. 큰애와 달리 둘째 사위는 스타트업을 하느라 주중 주말이 따로 없다. 도저히 같이 여행할 처지가 아니다. 누구의 명이라고 거부하겠는가. 그래서 지난 주말 속초로 1박 2일 여행을 갔다. 여행이라고 해야 별거 아니다. 가는 도중 춘천에서 닭갈비를 먹고 리조트를 잡아 좀 쉬다가 바다를 보고 저녁 먹으러 나가고 아침에 일어나 식사하고 산책하다가 집에 오는 게 전부였다. 서울은 봄비로 벚꽃이 다 졌는데 속초는 지금 벚꽃이 만개했다. 사람들도 적당해 바닷가를 걷는데 이보다 상쾌할 수 없다. 날씨는 환상 그 자체다. 늘 그렇지만 난 여행 중 딱 세 가지 역할만 한다. 기사, 포터, 캐셔다. 운전하고, 짐 나르고, 돈 내는 것이 내 역할이다.

사실 여행이라고 할 것도 없다. 1박 2일 드라이브를 한 정도다. 하지만 태교 여행이라고 이름을 붙이니 느낌이 새롭다. 아무것도 한 건 없지만 많은 걸 한 여행이란 생각이다. 사실 지연이와는 많이 떨어져 지내 내심 부모와 관계가 멀어지지는 않을까 걱정했다. 근데 전혀 그렇지 않았다. 멀어지긴커녕 너무 들러붙어서 그게 걱정일 지경이다. 찰떡이는 손주 태명이 아니라 우리 딸들 특성이다. 결혼 전에도 그랬는데 결혼 후에는 더한 것 같다.

인생에서 가장 큰 사건은 새로운 생명의 탄생이란 생각이다. 우리 집은 주원이가 있기 전과 후로 나눌 수 있다. 그만큼 생명의 탄생이 생활에 큰 변화를 가져온다. 미래는 찰떡이가 그런 역할을 할 것이다. 특히 지연이 집은 그러할 것이다. 찰떡이는 어떤 아기일까? 어떻게 생겼고 성격은 어떨까? 엄마를 닮았을까, 아빠를 닮았을까? 그가 태어나면 우리 집에는 어떤 변화가 있을까? 사돈댁에는 어떤 변화가 있을까? 아내는 주원이와 다민이로 충분히 육아 훈련을 했으니 여봐란듯이 실력을 보여주겠다고 다짐의 다짐을 한다. 물론 내가 자신을 충실히 보좌할 것을 전제로 하는 것이겠지만.

셋째 천사의 등장

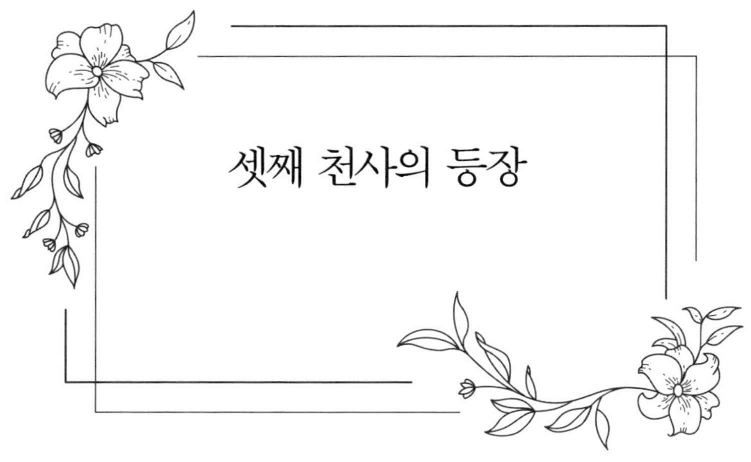

　우리 집에 셋째 천사가 왔다. 둘째 지연이가 결혼 5년 만에 드디어 예쁜 딸을 낳은 것이다. 다민 이후 거의 2년 만에 새로운 천사가 왔는데 그렇게 예쁠 수가 없다. 생긴 것도 완전 다르다. 쌍꺼풀 없는 전형적인 동양 미인형이다. 오밀조밀하다. 적당한 눈에 입이 작다. 인물이 좋은 엄마와 아빠를 반반 닮은 것 같다. 무엇보다 무스를 바른 것처럼 머리가 서 있는 게 너무 신기하다. 혀를 말고 배고프다고 울 때 제일 귀엽다.

　아직 백일도 되지 않았는데 옹알이를 정말 많이 한다. 우유를 주면서 뭐라고 말을 붙이면 끊임없이 이상한 소리를 낸다. "고마워요, 맘마를 줘서. 만나서 반가워요. 그렇지 않아도 보고 싶었는데 제가 좀 늦게 왔지요?" 그런 말을 하는 게 아닐까 한다. 정말 기다리고 기다리던 천사다. 이름을 태리로 지었다. 양가에서 오매불망 기다리던 아기라 그런지 태리 엄마는 한 번도 힘든 내색을 하지 않는다. 잠을 자지 않고 보채고 힘들게 해도 늘 다정하게 태리를 대하는 게 참 기특하다. 그래서 사람은 아이를 기르면서 수양이 되는 것 같다.

태리 등장 이후 우리 집 주말 일정에 약간의 변동이 생겼다. 태리는 금요일 저녁에 와서 토요일 저녁에 간다. 원래 주원이는 토요일 아침부터 왔다 저녁에 가곤 했는데 요즘은 점심 즈음 와서 점심만 먹고 집에 간다. 애 셋이 있으면 다들 정신이 없기 때문이다. 큰애가 배려해서 그렇게 하는 것 같다. 근데 어제는 조금 달랐다. 아내 생일이라 온 식구가 점심부터 저녁까지 먹고 갔다. 난 5분 대기조처럼 수시로 이 애 저 애를 보면서 아내를 도왔다. 아침 일찍 헬스를 다녀온 후 주원이가 오기 전에는 태리를 봤다. 안아주고, 우유도 먹이고, 졸린 것 같으면 재워줬다.

태리는 내 배 위에서 자는 걸 좋아한다. 어제는 잠든 줄 알고 내려놨다 깨는 바람에 식겁을 했다. 주원이는 이제 커서 손이 많이 가지는 않는다. 혼자서 그림을 그리면서 잘 논다. 새벽에 일어나서도 혼자 그림을 그린다고 하니까 놀랄 일이다. 요즘 가장 큰 변화는 다민이다. 귀여움의 절정이고 최고로 예쁠 때다. 예전 다민이는 나를 뚫어지게 보기만 했는데 요즘 조금씩 말을 하기 시작한다. 엄마 아빠를 잘 부르는데 내 호칭은 '하'로 결정됐다. 할아버지 발음이 힘드니 그렇게 줄인 것 같다.

근데 다른 사람 대하는 것과 나를 대하는 게 조금 다르다. 조금 부끄러워하는 것 같다. 나를 할아버지가 아닌 남자로 느끼는 것일까? 얌전한 것 같지만 자기 주장이 강하다. 밖에서 놀다 집에 가자고 하면 들어가기 싫다고 난리를 친다고 한다. 싫은 건 절대 하지 않는다. 무엇보다 자기 의견이 분명하다. 내 무릎에서 놀다 내려가고 싶어하는 것 같길래 "다민이, 내려갈래?" 했더니 아니라고 도리질한다. 그래서 "더 있을래?"라고 했더니 분명하게 "응." 하고 답한다. 어른들 말을 거의 다 알아듣는 것 같다. 어제는 감기로 콧물이 나서 "흥"이라고 말하면 정말 흥하고 코를 푼다. 참 신기한 일이다.

동생 둘이 태어나면서 사실 주원이에게 신경이 쓰인다. 그래서 아기들 보는 사이사이 주원이를 안아주거나 필요한 걸 물어본다. 주원이는 태생이 상냥한 남자다. 얼마나 동생을 잘 보는지 모른다. 요즘은 다민이와 함께 잔다는데 아침이면 동생 손을 잡고 부모 방에 온다고 한다. 둘이 잘 놀아서인지 다민이는 오빠를 따라 한다. 요즘 주원이가 자주 눈을 까뒤집는 행동을 하는데 다민이가 그걸 따라 하는데 그렇게 웃길 수 없다. 태리도 정말 예뻐한다. 내가 태리를 안고 있으면 옆에 와서 볼에 입을 맞추고 떠나려 하지 않는다. 오후에 태리가 잘 때 난 주원이를 데리고 밖으로 외출했다. 편의점 가서 스티커를 사주고, 놀이터에 가서 놀아주고, 카페에서 아이스크림을 사줬다. 오랜만에 보는데 몇 달 전 주원이가 아니다. 정말 많이 컸다. 특히 놀이터에서 그렇다. 예전에는 내가 꼭 올려주든지, 어설펐는데 이제는 원숭이처럼 무언가를 타고 뛰면서 논다. 뛰는 것도 얼마나 잘 뛰는지 모른다.

「피터팬」 노래를 들으며 저녁을 먹는 시간이다. 아내는 다민이를 먹이고 난 태리를 안고 밥을 먹는다. 사람들이 많아서인지 유난히 태리가 잘 논다. 사위 둘이 다 일정이 있었다. 나는 주원이네를 차에 태우고 그 집까지 데려다주고 아내는 태리네 집으로 갔다. 육아를 위한 부부의 이별이다. 화영이네 집에 오니 조금 조용하다. 주원이는 졸린 기색이 역력하다. 난 무릎에 다민이를 앉히고 동화책을 서너 권 읽어준 후 집으로 돌아왔다. 드디어 토요일 일정이 끝났는데 마치 대단한 프로젝트를 끝낸 것 같은 기분이다.

손자 하나에 손녀가 둘로 합이 셋이 된 지금 난 완전한 할아버지가 됐다. 근데 이상하게 할아버지가 된 게 자랑스럽고 기쁘고 너무 좋다. 왜 그럴까? 남들이 못하는 대단한 일을 한 것도 아니고 딸들이 결혼해 아이를 낳은 결과 일어난 일이다. 그런데 왜 내가 이리 기쁜 것일까? 그만큼 손주들이 예쁘고 손주들과 노는 게

뿌듯하고 충만하기 때문이다. 내 가슴에서 잠든 태리의 냄새를 맡으며 나 또한 비몽사몽 있을 때의 그 기분을 일반인들이 알 수 있을까? 손주 셋과 노는 건 어떤 면에서는 극한체험이다. 육체적 정신적으로 힘든 일이다. 하지만 이 정도의 희생 없이 어떻게 그런 충만감을 느낄 수 있겠는가?

요즘 주원이는 어벤저스에 꽂혀 있는데 딸이 선물을 못 사게 한다. 하지만 아내와 나는 조만간 주원이에게 어벤저스 레고와 장난감을 잔뜩 사줄 예정이다. 사주지 못하게 하는 건 딸의 역할이고 그럼에도 불구하고 사주는 건 할아버지의 역할이기 때문이다.

할아버지, 주원이 왔어요

초판 1쇄 인쇄 2026년 4월 2일
초판 1쇄 발행 2026년 4월 9일

지은이 한근태
펴낸이 안현주

기획 류재운 **편집** 안선영 김재훈 **브랜드마케팅** 이민규 **영업** 안현영
디자인 표지 정태성 본문 장덕종

펴낸곳 클라우드나인 **출판등록** 2013년 12월 12일(제2013-101호)
주소 우) 03993 서울시 마포구 월드컵북로 4길 82(동교동) 신흥빌딩 3층
전화 02-332-8939 **팩스** 02-6008-8938
이메일 c9book@naver.com

값 20,000원
ISBN 979-11-94534-71-6 03810